你的善良，必须有点锋芒

马叛 血酬 等著

作家出版社

图书在版编目（CIP）数据

你的善良，必须有点锋芒 / 马叛　血酬等著 . -- 北京：
作家出版社，2017.1

ISBN 978-7-5063-9215-0

Ⅰ.①你… Ⅱ.①马…②血… Ⅲ.①随笔－作品集－中国－
当代②故事－作品集－中国－当代 Ⅳ.① I217.1

中国版本图书馆 CIP 数据核字（2016）第 255383 号

你的善良，必须有点锋芒

作　　者：马叛　血酬　等
责任编辑：如　舟
装帧设计：尚世视觉
出版发行：作家出版社
社　　址：北京农展馆南里 10 号　　　邮　　编：100125
电话传真：86-10-65930756（出版发行部）
　　　　　86-10-65004079（总编室）
　　　　　86-10-65015116（邮购部）
E-mail:zuojia@zuojia.net.cn
http://www.haozuojia.com（作家在线）
印　　刷：三河市九洲财鑫印刷有限公司
成品尺寸：140×210
字　　数：190 千
印　　张：8.25
版　　次：2017 年 1 月第 1 版
印　　次：2017 年 1 月第 1 次印刷
ISBN　978-7-5063-9215-0
定　　价：28.00 元

Part 1

我们生活在一个竞争无处不在的时代。

我们生活在一个压力无处不在的时代。

从小到大，无时无刻。

其实你现在回过头，去看看过去的路，你会觉得当初那些看起来过不去的坎也过去了，当时爱得死去活来的人也早淡忘了。

你有没有勇气，过自己想要的生活？　　　血酬 ‖ 002

如果幸福，我宁愿是个悍妇　　　血酬 ‖ 010

你的焦虑毫无意义　　　血酬 ‖ 017

你只是看起来很努力　　　血酬 ‖ 024

朋友不必在多，知心就好　　　血酬 ‖ 031

做自己的带刀侍卫　　　血酬 ‖ 038

我就冷淡，碍着谁了　　　血酬 ‖ 046

我可以不加班　　　血酬 ‖ 053

新人也可当天王　　　血酬 ‖ 058

学会当助理是你职场的第一步　　　血酬 ‖ 065

Part 2

当我们谈及梦想，很多时候我们并不知道梦想到底代表着什么：它不是时常挂在嘴边的说辞、心血来潮时的口号，更不是带着正能量的标签；它意味着执着的努力、涅槃后的重生、坚持的信仰和永远年轻的心态。

我们的忍耐和爱，要留给那些值得的人　　　　　马叛 ‖ 072

你所谓的稳定，不过是一种假象　　　　　　　　简白 ‖ 075

吃货国的"外国小公主"　　　　Negar Kordi（兰兰）‖ 080

感激贵人之前，请先谢谢你自己　　　　　　八命先生 ‖ 090

最好的善良，就是敢于做自己　　　　　　　　　随风 ‖ 095

别人的坏不能成为你堕落的理由　　　　　　　艾梦梦 ‖ 101

不要刻意证明你可以过得很好　　　　　　　　艾梦梦 ‖ 106

要对得起为"北漂"所付出的一切　　　　　　艾梦梦 ‖ 110

梦想是朝着远方，做一次最虔诚的奢望　　　　焦志杰 ‖ 116

不要把全世界都放在自己肩上　　　　　　　　焦志杰 ‖ 121

Part 3

善良是一种高智商的选择。真正的善良，要站在人与人之间平等的基础上，明白道德的深意，分得清是非，并且有着自己的原则与底线。

你的善良，必须有点锋芒　　　　　　　　王小辞 ‖ 128

你明明是百合，又何必与百草合欢　　　　赵丰超 ‖ 136

职场如战场，别打感情牌　　　　　　　　四叶草 ‖ 143

最艰难的时候，给生活一个笑脸　　　　　四叶草 ‖ 149

人言纷纷扰扰，我们如何做自己？　　　卷毛维安 ‖ 157

我不是为了你好　　　　　　　　　　　　溺　紫 ‖ 162

我也曾想过一了百了　　　　　　　　　　溺　紫 ‖ 168

少一些"关心"可能会更好　　　　　　　　溺　紫 ‖ 174

你本来有一个机会可以更好　　　　　　　溺　紫 ‖ 181

我们在这里就是为了改变这个世界　　　　溺　紫 ‖ 187

Part 4

无论是生活，还是爱情，恐怕没有人都永远一帆风顺。行走世间，我们不得不面对太多的诱惑与抉择，但是不管做什么选择，摆出什么脸色，都应该想想在最开始的时候，你到底想要怎样的生活，你追求的到底是什么。

感谢你的不娶之恩　　　　　　　　　溺紫 ‖ 194

爱情，永远不是生活的全部　　　　　艾梦梦 ‖ 201

独立，从来不是做给别人看的　　　　艾梦梦 ‖ 207

不忘初心，方得始终　　　　　　　　随风 ‖ 212

不抬起头，怎么拥抱阳光　　　　　　随风 ‖ 218

你不放手，永远不知道世界有多好　　随风 ‖ 224

最难过的时候，别忘了善待自己　　　随风 ‖ 231

要有玫瑰的芬芳，也要有玫瑰的尖刺　随风 ‖ 237

愿你披荆斩棘，愿你修成正果　　　　随风 ‖ 243

愿你在风雨里，等到自己的彩虹　　　随风 ‖ 249

Part 1

我们生活在一个竞争无处不在的时代。

我们生活在一个压力无处不在的时代。

从小到大，无时无刻。

其实你现在回过头，去看看过去的路，你会觉得当初那些看起来过

不去的坎也过去了，当时爱得死去活来的人也早淡忘了。

你有没有勇气，过自己想要的生活？

文/血酬

有一天夜里，在同学群聊天。

一个曾经诗情画意的女同学说："英哥，可羡慕你能过自己想过的生活了。我感觉自己这辈子已经完了，每天上班应付工作，下班回家做饭带孩子伺候老公，一眼看上去以后的几十年就这样了。"

我知道她曾是个文艺女青年，也知道她喜欢写诗，喜欢唱外文歌，喜欢文学，内心有着无限的幻想和柔情。

但现实就是这样，小时候的诗情画意变成了如今的柴米油盐。

鲁迅和张爱玲都写过这样的变化。

《彷徨》里有一篇《幸福的家庭》，讲的可不正是这样的事？

至于张爱玲对红白玫瑰的论述，更是不朽经典：

> 娶了红玫瑰，久了，红的变成了墙上的一抹蚊子血，而白的还是"床前明月光"；娶了白玫瑰，白的便成了衣服上

沾的一粒饭粘子，红的却是心口上的一颗朱砂痣。

人生便最怕这两个字：久了。

我们常听人讲，或者自己也讲一句话：勿忘初心，方得始终。

但实际上，没多少人能坚持自己当初的想法。

或因外力，或因时过境迁。

我小学时的梦想，是成为一个光荣的人民教师，因为我觉得老师很威风；我中学时的梦想，是成为一个外交官，面对各国政要侃侃而谈，威武霸气；然而上大学以后，知道了外交官的真实工作情况，我就再也不感兴趣了。

大学的时候，我才真正开始考虑自己的生活。

考什么大学，读什么专业，主要是家里的意见。为了取悦自己的父母，放弃了真正想读的文学系，选了法学系。

人这一辈子，需要自己决断的事情很多，但最重要的就是两个：做什么工作，和谁在一起生活。

现代社会，无法逃避的就是择业。

择业的时候，有很多诱惑，也有很多陷阱，可选的维度极多。也许是因为恐惧，也许是因为从众，很多人在就业的时候很茫然，也很盲从。

在我毕业的那年，最先进入学校进行招聘的是一家酱油厂。

条件不太好，每年三至八万的薪资，一签就是五年。

我远远地看了一眼，人数之多，吓了我一跳。

听说有八个法学院的同学，拿了这家的offer。

我想了一下，是不是当年宣传的就业形势把大家吓坏了，以至于大家慌不择路地就选了？

那时候我们还很单纯，没人想过签约以后，有更好的可以再毁约。

最终，去东南沿海那家酱油厂的人没有熬过一年的，三个月内就走了五个。

从现在的职业来看，百分之八十以上的同学都还在公检法领域，其他人，有的在银行系统，有的在公务员系统，真正从事商业领域的屈指可数。

我好像是个异类。

最终，我去了一家名声不太好的游戏公司收购的网络文学网站当编辑。

我爸很生气。

他和我说："你在武汉好好待着，我马上过去。记着，不要辞职，也不要离开。"

我愣了一下，然后告诉他："我已经辞职了，现在已经在上海了。"

他很生气，挂了电话。

在上海面试完以后，我回到了家里，心里忐忑不安，觉得自己一定会被痛骂一顿。事先我已经演练了各种预案，一再地告诫自己：打不还手，骂不还口。

回家以后，在饭桌上，我爸说："你已经长大了，自己的路自己走吧。不管怎样，你都是我儿子，你自己没能力做决定的时候，你就听我的。你既然已经做了决定，我只能听你的了。"

事情的发展出乎我的意料，然而我的内心却很温暖。

如果从爱好文学到文学系再到文学编辑，这是一条顺心的路，也是我曾经想选的路。

如果从继承家业到法学系再到公检法领域，这是一条顺理成章的路，可这不是我的选择。

我非常理解我的父母，他们希望我过稳定的生活，也对我舍弃稳定的事业单位很不满意，但当我下了决心以后，他们也决定毫无保留地支持我。

人生中第一次，我可以决定自己要走的路。我感觉自己长大了，也感觉风险来临了。

没有什么决定是完美的，也没有什么决定是不需要承担风险的。

如人饮水，甘苦自知。

对于进入网络文学编辑这个行当，我思考了很久。有那么小半年时间，我一直都在观察：看文学有没有什么希望，看年轻人喜欢什么，看什么东西有蓬勃的生命力，看什么是新兴的事物。

我很慎重地做着比对，这些理由让我最终说服了家里人。

文学是我的爱好，在纸媒和传统文学日渐式微的情况下，网络文学蓬勃的生命力显现了出来，年轻人喜欢它。而且作为新兴的事物，还没有被传统势力所垄断，既不是官二代也不是富二代的年轻人，有了让自己扬名立万的可能。

我宁可在市场的风暴里厮杀，也不愿意在太平的传统领域中苟延残喘。

射手座的人，性格就是这样。

我不信奉星座，但我喜欢用星座的解读来安慰自己。人生都有困苦的时候，有一碗温暖的鸡汤，可以让你不太孤独。

从那开始，我在网络文学这个领域里，整整十二年时间。

很多人羡慕我，觉得我能把工作和兴趣统一，我也觉得这是我的幸运。即便有很多困难，但我仍感觉庆幸，时至今日，我仍热爱着这个行业，仍满怀热情地阅读作品，仍为小说里的人物吸引，因他们的喜怒哀乐而或喜或悲。

这其中，自然有我三次创业中无数个日夜的痛苦，也有我一个人的喃喃自语。

人生不如意事十之八九，择一二如意足以慰藉平生。

做什么事情都会有困苦，与其选自己看不上的，还不如选自己的兴趣所在。

这就是职业的选择。

每个男人都要经历两次成人式：一次关于事业，一次关于家庭。

和什么人一起生活，这是一个千古难题。

我从来不对别人的生活说三道四，因为这是私人领域。每个人做的选择，不管好坏，都只能由他们自己承担，其他人只是其他人。

工作之前，我没有过什么感情生活。后来我想，我这样迟钝的感知，如果真有过女孩子喜欢我，那她一定免不了伤心落泪，或不知道自怨自艾多少次了。如果再次碰面，羞答答地说起当年的事，她们一定会满怀幽怨地说一句："你瞎啊！"

人生的幸福有早晚，但该来的总还是会来。

后来，我有了喜欢的女孩。

后来，我们打破各种阻隔走到一起。

后来，我们结婚了。

后来，我们过着不购房、不买车、自由自在的丁克生活。

就这样，过了十年。

如果说压力，每个人都有很大压力；如果说甜蜜，我们开心得不能自已。

迷茫的时候总会有，但你得问自己：这是你要的生活吗？如果是，请坚定。

经风历雨之后，你才会明白，是你想和什么样的人在一起，过什么样的生活。而不是别人给你列出来各种条件，给你说什么利弊。

那不是生意，好不好，兄弟？

感情世界里，说不清、道不明的事情很多。

是的，没有谁付出多，谁付出少。

这是一本算不清的账。

我们都曾有过花季雨季的幻想，有公主的梦，有王子的梦，但长大之后，我们还有梦吗？

我们守着一个账本，算计着自己传宗接代的梦？

所以，当那位女同学问了以后，我说：有苦，就有乐，看个人的选择。

世间都以为你苦，但你自得其乐，那就是乐。

世间都以为你乐，但你知道自己的苦，那就是苦。

别人能决定什么？

公务员的身份，有房有车有老公有儿子，安稳乐居的生活，这不是大多数人渴求的幸福生活吗？

你以我为乐，我以我为苦。

不稳定的私企身份，无房无车无子女，从一个城市到另一个城市，这是我的生活，但你确定这是你的生活？

我曾开玩笑地说，以我的天分，如果当初选择走仕途，现在也是处长了。但实际上，人生是无法假设的。我不会选择仕途，我也不会成为处长；我既然当初选择了当编辑，我就不会改弦更张。

选了任何一条路，都只能硬着头皮走下去，在苦痛挣扎中寻找那少许的快乐。

其实，很快她就明白了。

我也明白，人都想生活在别处，都想过梦里未实现的那一种生活。

吃在东家，睡在西家，并不是笑话，是我们在幻想更完美的生活。

群里的另一个同学，在得知我是个丁克后，说我十年以后一定会后悔。

因为繁衍后代是人的本职，是动物的本能。

是的，雄性存在的目的，就是尽可能多地延续后代。如果不是为了族群的稳定，有《婚姻法》这等天条在，男性同胞们可能会竭尽所能地去争夺播种资源。

我不愿意争吵，因为每个人的观念不同，三十年形成的观念怎么可能在一夕间改变，既然她不愿意改变，我也不愿意改变，那就各安其所吧。

我去看《本能》了。我弱弱地开了个玩笑。

学会不对别人的生活说三道四，是一种礼貌。

学会对自己的生活负责，是一种智慧。

我一直愿意相信，每一个现代人都是自由理性的个体。他们有能力去做适合自己的决定，在决定未做出的时候，你可以因为各种原因去影响，不管是亲戚朋友，还是同学同事。但一旦做了决定，尊重就是最好的态度。

工作有工作的原则，生活也有生活的法则。

如果你的生活由别人来安排，请你转告他／她：请不要放弃我，请为我安排这一生。

如果你想自己决定自己的生活，你也需要告诉自己：我需要一点勇气，去面对流言蜚语。

人生短短几十年，容不得我们改弦更张，容不得我们痛哭流涕。

既然选了，就走下去，风风雨雨。

如果幸福，我宁愿是个悍妇

文/血酬

今天刚看到，小丁的朋友自杀了。

小丁说，那是个非常温婉的女孩，被父母逼着嫁一个只见过一面的北京人。

都是相亲惹的祸，小丁说。

我突然心里一痛，然后非常不舒服。

我们的电视台还在谆谆教导要"孝顺"，孝就是顺。我仿佛看到了汉文武、明太祖，他们都是以孝治天下。

然而，并没有什么用。所谓二十四孝，在现代文明面前，被击得粉碎。

我一直说，现代社会，每个人都是理性的自由人，不能被绑架，不管是道德，还是其他方面。遵纪守法、照章纳税已经足够了，何必再给自己的脖子上套一个枷锁？

多年的媳妇现已熬成婆，忘了当媳妇时候的痛苦。当年喊着婚姻自由、爱情万岁的人老了，要儿女们孝顺，照着他们的想法来。

这个社会怎么了？

二十岁之前，我只反抗过父母一次，那是九岁的时候，被父亲打了，我一个人偷偷地躲到未竣工的民房里，从傍晚一直躲到深夜。

那时，我怕极了，怕坏人，怕黑，怕冷，怕蛇，可是我更怕挨打，所以死扛着不回去。

最后，还是被找到了。

长大以后，我就成了丁克，无数人劝我要小孩，也被父母亲明着暗着说过很多次，但我一点都不觉得有孩子是多么幸福的事。

爱我所爱就够了。

高考那一年，我成绩很好，本来想到北大读个中文系，后来却按着父亲的意思，去读了武大的法学系。

因为我爷爷是法官，我父亲是警察，大家都觉得，我不是个律师，也应该是个检察官什么的。

偏偏我毕业以后，去做了一个网络编辑。

并不是武大不好，法学不好，而是因为那不是我的选择，最终它也不能让我幸福。

大二那年，我对妈妈说："活着真没意思。"妈妈听了很伤心，她一边听我絮絮叨叨地诉说心里的苦楚，一边安慰我，却知道我没听到心里去。

后来，她告诉了父亲。

父亲很伤心，他认为他为我选了一条很好的路，为什么我不但不感激他，反而心生埋怨。

父亲对我说："我再也不管你了。"

我一直记着父亲的这句话，后来不管是找工作，还是结婚生子，我都拿这句话挤对他。

山东是个比较传统的地方，齐鲁大地，孔孟之乡。

我干了不少离经叛道的事，如果按照老人们的规划，也许我现在已经是个干部了。

但我总是戏谑地说："可能是待在牢里的干部。"

人这一生，有许多苦楚，不如意十之八九。

有一次，我在同学群里闲聊，说自己是个丁克，结果很快就有人跳出来说，生子是人的本职，我十年以后一定会后悔的……

我说："我看莎朗·斯通的片子去了。"

不喜欢和人吵架，总认为一个人的人生观是几十年形成的。想要说服一个人转变观念，是一件费力不讨好的事。

有一个姐姐，高中时患了病。我每次看到她一个人默默地在操场边走，都能感觉到她的孤独。

我有时候和她聊天，能感觉到她总是拒人于千里之外。高考的时候，她成绩不太好，但也上了一所211大学。

那是一所工科大学，有很多男生追她。

她很快就坠入了爱河，经常在同学群里秀恩爱，我们也为她高兴。

毕业以后，她和那个男生结婚了。我们都以为她过得很好。

很快，她又离了婚，一个人带孩子过。

她在一家国企里工作，偶尔会被人指指点点，她一直都忍着。

另一个同学和我说起她的事：本来恩爱的夫妻，因为她生了个女儿，婆家就对她冷言冷语，最后老公也受了影响，对她下了最后通牒。要么再生一个，要么离婚。

她说不想再生，结果老公就另找了一个女人；婆家在外面散播谣言，说她不守妇道，孩子也不知道是谁的，如此这般。

她受不了，就和婆婆大吵大闹，最后被老公打了，还是离了婚。

有几个同学很是义愤填膺，要过去替她教训她老公，还找了律师。我因为懂一点法律，也被拉去充场子。然而，她像母鸡一样护着她老公，她哭着说："这不怪他，都是我命不好。"

事后，一个同学说："她这辈子就是个刘慧芳的命。"

好几年，她在同学群里都没什么动静，也不和任何人联系。

直到有一天，她放了一张照片，只有她和她的女儿，配了一行字：

"妞妞，如果不是你，妈妈就坚持不下去了。"

我想问候一声，最后还是什么都没说。我想，我没有办法帮她，也不用轻飘飘地去安慰。对她来说，选择什么样的生活，是她自己的意志。

希望她的女儿，能坚强一点。

我们这个社会，一直都教育男人要孝顺，女人要三从四德，要遵守秩序，要忍气吞声。

我见过不少奇葩的家庭，我不可怜谁，也不羡慕谁。

有一个伙伴，小两口过得很幸福，不久前有了个小娃娃。有一次吃饭，他和我说："就因为生了个闺女，老家都没人来看，老婆对此很生气。"

我说："尊重都是相互的，你老婆生气也没错。"

他叹口气。

我们这个社会，一直讲天地君亲师，一直讲三纲五常，一直不尊重人的自我意志。

所以，我不喜欢。

古人也讲，尊重是相互的。"君之视臣如草芥，则臣视君为寇仇。""君以国士待我，我当以国士报之。""士为知己者死，女为悦己者容。"

说实话，这个世界还是带着恶意的，总喜欢欺负老实人。

如果老实人凶起来，恶人也会退避三舍。

软的怕硬的，硬的怕横的，横的怕不要命的。

有一次，我拿着一把菜刀，砍了邻居的铁门，他们终于停止了无休无止的吵架。

我听到他们夫妻俩在家里说："对门那是个浑货。"

有了我这样一个公敌，说不定他们的感情会好起来。

父亲常说，如果小时候没有磨我的性子，说不定现在我已经在牢里了。

邻居那件事，其实我也打过电话，找过物业，甚至是好言好语地劝过，但没有用，他们还是用相互攻击的话骂我，物业也不管。他们还是无休止地在三更半夜鬼哭狼嚎，实在是扰民不浅。

人被逼到急处，也只能不管不顾了。即便违反个治安管理条例，我也认了。

我没告诉他们，我那把菜刀很贵，砍他们的防盗门有点亏。

后来我搬走了，不是因为惹不起才躲开，而是公司搬家了。

工作十几年，谦和忍让的时候多，揭竿而起的时候少。

可能是岁数大了，人也变得平和，甚至有点离群索居。

不愿意受人恩惠，也不施恩图报。

带团队的时候，我讲每个人都是理性的自由人，人不应该被其他人控制。

人如果放弃了自己的主动意识，那和傀儡有什么区别？

所以我的团队，虽然人很多，但从不拉帮结派。

我参与创办了两家企业，但没人说我结党营私。

我认为小团体这个词本身就是对团队成员的侮辱。

在我的团队里，每个人都是平等的，不受人身挟制，不受意识控制，能自由地表达自己的想法。

有些领导干部喜欢说："××是我的人。"

我从来不说，没人是我的人，他们只是我的伙伴，我也是他们的伙伴。

自由和平等，是我对任何人的态度，也包括父母。

父母之爱我，深如大海，浩瀚无边，我一生都很感激他们。

我也曾接受他们的意思，和我的爱人有过一次分手。

但一个星期后，饱受摧残的我们就复合了，我打电话和父母说："对不起，我做不到！"

后来，我们就结婚了。

在婚姻的选择上，我有时候会过于软弱，但无论我做了什么，她多伤心，最终她都会包容我。

有时候我被欺负了，她也会愤愤不平，甚至帮我出头，她凶猛的样子，常常吓坏旁人。

没有什么事是完美无缺的，也没有人是完美无缺的。人生的每一次选择，都得付出代价，都是取舍。

你选择了你要过的生活，那就得为此付出代价。

这代价是双方的，如果是妥协，也是两个人的相互忍让。

今年，我们在一起已有十年时间，我洗衣做饭鞍前马后地伺候她，只为报答。

那一年，她抛弃了所有跟着我，她和我说：

小胖子，除了你，我谁都不在乎。如果幸福，我宁愿自己是个悍妇。

你的焦虑毫无意义

文/血酬

我们生活在一个竞争无处不在的时代。

我们生活在一个压力无处不在的时代。

从小到大，无时无刻。

其实你现在回过头，去看看过去的路，你会觉得当初那些看起来过不去的坎也过去了，当时爱得死去活来的人也早淡忘了。

时间，似乎是缓解焦虑的完美武器。

但事实上，焦虑如影随形，从未曾消灭；即便你知道它毫无意义，但该焦虑的时候你还是会焦虑。你敢说自己现在不焦虑吗？

我至今还会做考试的梦。

有一次，老板说要推荐我去读名校的MBA，我婉言谢绝了，理由只有一个：我再也不想考试了。

其实，在别人眼里，我是一个学霸。

小学时候的我，好像考第二都很难。在记忆里，我被我爸打得最厉害的一次，是因为迷上了漫画书，最终考试的时候睡着了，没答卷子。

从那以后，我又考了第一，然后他觉得打确实是促进我学习的一个好办法。

我属于早慧的那群人。在我五六岁的时候，就能在乡里拿到名次，据说一起考试的都是比我大四五岁的高年级学生。而我是唯一一个蹲在凳子上考试的学前班孩子，因为不那样就够不着桌子。

那次考试以后，我成了村里的神童，大家都认为我是个天才。

小学的入学考试，校长惊讶于我语文和数学方面的天赋，和其他的孩子相比，我似乎应该直接上三年级。

中考的成绩依然优秀，然后是高考——虽然当过数学、物理、化学课代表，但为了继承我们家的法学事业，我还是选了文科，最后的成绩是山东省的TOP50。

很难有人相信，我是一个极度讨厌考试的人。

各科的模拟卷子，我能不做就不做。我很感激那个坐在我身后的姑娘，因为她收卷子的时候，我总可以不交；然而老师很快就发现了，对我是劈头盖脸地批评一通。然后我就换了办法，把那姑娘的卷子抄一遍交上去，为了不被老师发现，还得故意错几个。

然而，我错估了老师的反作弊水平。于是，我又被叫到了办公室……

整个学生时代，我都对考试厌恶到极点。

所以，每到考试的时候，我就焦虑得不得了，完全不是因为成绩，而是一种内心的压抑。

我记不清有多少次在考试的时候睡着了，原因是前一天晚上因焦虑无法入睡。

后来，妈妈给我买了脑白金，据说有奇效，但实际上并没有什么用。

我想了另一个办法来解决考试的时候睡觉的问题：把熬夜的时间往前提一天。

于是，当周五要考试的时候，我周三就开始熬夜，周四晚上就睡得很好。

就这样，在高考来临之前，我能安然入睡了。不管什么时候考试，特别淡然。

我想，年轻的身体还是有应激性的，生理上的反应没有了，留下的只有心理上的厌恶。

大学是我人生的第一次解放，没有家长对名次的企盼，也没有老师施压的一次次考试，学生时代的焦虑感也慢慢消散。

但人生就是这样，你缓解了之前的焦虑，你会发现后面的焦虑就像层峦叠嶂的山川，连绵不断。

虽然就读名校的法学专业让父母很欣慰，但实际上我并不喜欢。

而且你依然得应付考试，要不然就拿不到毕业证。

相比于专业课，公共课更让人厌恶。

专业课好歹可以说是有用，公共课大多数是被迫地在学。

学生们都对考试总是有各种各样的办法，不管你喜欢不喜欢，都得有毕业证这块敲门砖。

所以，解决焦虑的办法，就是用恐惧把厌恶压下去，虽然这样做只是饮鸩止渴。

大学里，不止一个同学患了忧郁症，甚至有的还退了学。我能理解他们，但我的解决办法也实在是拙劣无比。

我退出了所有的社团，不参加任何的评优评奖，不和任何人发生矛盾，不去争夺任何利益，过着隐居寝室、与世无争的日子。

你会发现身边的人都对你很友善，没人和你争吵，没人在背后说你坏话，看起来风轻云淡、闲适无比。

因此，我还成了一个良好的听众，听同学们倾诉他们遇到的各种事。

有的同学学习成绩优秀，本来觉得保研毫无问题，却突然冒出来几个发表各种刊物、拿各种奖项的同学，结果他保研的地位变得岌岌可危。

有的同学在社团工作努力，成就显著，但在选举社团主席的时候莫名票数低迷，最终被那些还不太符合要求的别个成功登顶。

有的同学勤奋努力，只能在小地方的律师事务所混个实习机会；有的同学都没见他上过几天课，最后却能去大城市的法院工作。

诸如此类，林林总总。

好像每个人都过得焦躁不安，过得憋屈无比。

我没有办法安慰他们，因为每个人的路都不同。

没有保研的最终选择考研，这是他们选的路。

没有在本学院社团登顶的后来选择去别的学院继续奋斗，这也是他们选的路。

没有人的路完全一样。

但你选了，就得披荆斩棘地走下去，不念过去，不畏将来。

毕业前夕，正是喝酒唱歌痛哭的时候，那时大家都忘记了之前的不愉快，一些平时不方便讲的话，也可以借着酒劲说出来。

一个同学对我说："我其实特看不起你，你这四年什么都不争。其实以你的条件，完全可以出人头地。"

我笑着拍拍他的肩膀："兄弟，这四年你开心吗？"

他的眼泪一下子飙了出来，哭着喊道："我开心什么，我看到有些人就心烦，凭什么我要去考研，凭什么我老爹没钱，凭什么……"

我打住他的话，很严肃地告诉他："别埋怨父母，路是你自己选的。我知道你借酒浇愁，我也知道你心力交瘁，但你得知道，当初你选了这条路，便意味着你需要去争，需要去抢，需要时刻警醒着自己太弱而别人太强；你就该知道，这仅仅是开始，不是结束。"

工作以后，有一次他打电话说："英哥，我快得忧郁症了，你救救我吧。"

我那时候创业陷入僵局，痛苦的程度不比任何人小，听了他的话，我给了他个建议：离开那家律师事务所，立刻，马上。

事情很简单，名牌大学研究生毕业的他，去了一家不错的律师事务所，几年的辛苦奋斗，让他很快成了合伙人的候选人员。但锋芒毕露的他被人嫉妒上了，然后几个不如他业绩好的律师联合起来向律师事务所主任提出：要么他走，要么我们走。

主任选择了和稀泥，没有让他成为合伙人，也没有提拔任何一个人。

他的升职被搁浅，律师事务所的其他人对他也不够友善，他陷入了无穷无尽的痛苦之中：既幻想主任能不畏阻力提拔他，也希望其他人不要再在背后说闲话。

如果要离开，他又放不下这几年的资源积累，觉得走掉，这些年就白干了。

我说："兄弟，你得知道，你的酬劳完全由你的工作得来，你没有坑别人，也没有对不住老板，所以提升你为合伙人是你应得的报酬。你想想，你工作这些年，能力有没有提升，工作有没有成效，天底下有没有你觉得OK的老板？实在不行，你还可以自己干，无非就是再苦几年罢了。"

过了一阵子，他向律师事务所正式提出离职，被主任挽留了，并迅速把他提升为合伙人。成为合伙人之后的第二年，他又去了国内很牛的一家律师事务所干得风生水起。

有一天，他到上海来见我，感慨万千地说："英哥，我那时候真糊涂，只看到别人的资源太多，居然没有想到自己才是最大的筹码。"

我笑笑，说道："因为你年轻，你奋斗过。你总得相信，这个社会还是靠本事吃饭的。"

开解他的时候，我也逐渐地想明白了自己的路。

我不再逃避利益的争夺，也开始相信自己的能力。在之后的一年，我从痛苦的泥沼中走了出来，挑起了整个网站的重担。

那一年，我二十八岁。

之后的几年时间里，我依然焦虑，经常患得患失。直到有一天，在一个葡萄院里，和一个作者在月下闲聊。

他说："你这些年的努力，我们都看在眼里，所以我有两句话和你讲。第一，不管你做什么，做成什么样子，我都会支持你；第二，就算是失败了，大家看得到你的努力，不会怪你的。"

那一刻，我恍然明白了，责任是我的焦虑源泉。

我背负的东西太多，创业的网站、团队成员、作者、合作伙伴，还有自己内心不服输的骄傲。

那一刻，我也彻底放下了。

凡事尽力就好。

我的一位同事，很有才华，我也很欣赏他。2008年他写了几句话：讲道义，守良心，立长志，做实事，尽人事，听天命。

我那时候心高气傲，把前四句当成了座右铭，对后两句并不太认同。

但那一天，我突然明白了，**只有经历过很多事的人，才能把生活过得淡然。**

尽人事，听天命。

人力有时而穷，别把自己看得太重。

每个人都有自己的生活，也有自己的责任，但不应把别人的责任背在自己身上。

后来在作者年会上，我讲了这个故事。

再后来，我的忧郁症缓解了，日子过得舒心起来。

近十年里，我创业了三次，在两家公司做过，换过七八个岗位，但今天的我就像《挪威的森林》里唱的那样：内心一片清澈。

你只是看起来很努力

文/血酬

　　我在律师事务所实习的时候，老律师们通常并不理我们这些菜鸟。

　　有一次吃饭，我和小伟闲聊，说起老律师们的态度，他冷笑了两声："他们哪有时间管我们这些实习生，无非是看我们老师的面子罢了。应付完这三个月，你拿到实习报告，他们也送走了这一拨，大家就皆大欢喜了。"

　　我知道他说的是实情，然而让我在这里待三个月的时间，什么都不做，确实很难受。

　　我是个闲不下来的人，当初选择来这家事务所实习，是因为这里的律师大多都是我们学校的老师，有几位还带过我的课。我喜欢和熟人待在一起，至少人品上会有点保障，免得被人坑了还不知道找谁去算账。所以指导老师一问我的实习意愿，我就报了这家事务所。

老师们来得比较少，毕竟一边要上课、参加研讨会，一边还要兼职当律师，平常都忙得很。偶尔一次到事务所来，我们看到了也就点头致敬，说声老师好；老师们也就一笑而过，并不言语。专职的律师们对我们这些实习生更客气，但有什么事，仍旧不会给我们做。

进事务所的第一个星期，就在无所事事中度过。我看了一些卷宗，小伟和他女朋友天天聊QQ，因为不方便语音，所以键盘总是打得飞响。

我们这届的实习生很少，只有三个。除了我和小伟，另一位是个姓杨的姑娘，她只在实习的第一天出现过，后面就再也没看到人。

时间一天天地过去，仍旧没有什么活儿派下来，我心里暗暗有些着急，但又不好主动地去问律师们，免得别人生嫌。

小伟依旧和他女朋友聊得很嗨，有时候看到我愁眉苦脸反而安慰我说："你看，夏天这么热，事务所的空调还是很给力的。咱们在这儿上网又不要钱，你就当个免费的网吧得了，天天琢磨个啥？"

我听了，也觉得有道理，于是和小伟一样，打开了网页，开始看小说，写小说。

两个键盘敲得飞响。从我们身边过去的人，一眼看过来，我们都在神情专注地"工作"，尤其是我，桌子上还摊开着上周没看完的卷宗。

第二个星期、第三个星期也就这样过去了。我每天都沉浸在看小说的快感中，该吃饭就吃饭，到点就下班，觉得开心无比。唯一能体现价值的，就是中午吃饭的时候，说不定能替哪位律师带份外卖。

到月底的时候，事务所的张主任把我和小伟，还有那个只见过一面的姑娘小杨叫到了办公室。我有点忐忑，小伟依旧大大咧咧的，小杨则没有什么表情。

张主任是个五十多岁的老律师，他拿出一盒烟，给我们发了一圈，问："不介意我抽烟吧。"

我们赶紧摇头，说："不介意，不介意。"

张主任笑了笑，说："你们知道，自己是怎么进来的吗？"

小伟说："老师推荐的。"

我赶紧跟着点点头。

张主任抽出三份简历放在桌上，对我们说："应该说是二十份简历里，挑了你们三个人。"

我们都没吱声，张主任拿出一份翻了翻说："你们学习成绩都很好，在年级前五名里，可以说是好学生。你们来事务所也快一个月了，说说吧，都做了些什么事。"

我讷讷地说了几句："就是看看卷宗，帮律师们打打下手。"

张主任笑了："你还真诚实，是看了看小说，买了买盒饭吧。"

然后又问小伟："你呢？"

小伟尴尬地挠挠头，表情很奇怪。

张主任没说话，又问了那个姑娘："你是这个月第二次来事务所吧？"

原来，他什么都知道。

张主任苦笑了一声："这就是名牌大学的学生，这就是学习成绩优秀的学生，这就是未来要成为名律师的学生。你说，你们在这里一个月了，不是在浪费时间吗？"

小伟不服气地说道："可是，老师们也没安排什么事情做啊！"

张主任摇摇头，点上了烟，慢慢说道："知道韩硕吧？"

小伟说："知道。"

我也点点头，虽然没打过交道，但这个名字我还是有所耳闻。

韩硕是我们上一届的学长，现在已经是一名执业律师了，是很多女孩子心目中一等一的白马王子。

"去年，韩硕就在这里实习。"张主任说道。

"他来的第一天，就拜访了所有在事务所的律师，给每位律师留了便签。便签上有自己的名字、手机号和办公位的号码。然后他和事务所的行政人员要了名录，把每一位律师的联系方式都加到了自己手机里。

"还有，他旁听了我们每一场开庭的案件，并且主动给律师找法条、打下手。

"他来的第一周，老韩就和我说，要把他留下，当自己的助手。"

张主任的话，显然震惊了我，小伟也满脸的不可思议。

老韩是资深律师，也是事务所的副主任。很多年轻律师争着给他当助理，都被拒绝了。他居然会主动要一个还没有毕业的学生。

张主任笑了，看起来有点嘲讽的意味："你们也很努力，每天都很忙，但其实，你们只是看起来很努力而已。韩硕还不是做得最出色的那个，最出色的那个在来的第一周，已经能完整地写出来合用的庭审陈词了。"

我低下了头，确实，和韩硕他们比起来，我这一个月就是在混日子。

张主任说："可最终韩硕也没有留下来，他去了首都一家更出名的律师事务所。所以，你们应该想想，如果是放眼全国，你们能排在什么位置上。"

我内心一阵抽搐，学习成绩好的同学一般都比较骄傲，比较自我，喜欢和身边的人比较，但就像张主任说的，比我们优秀的韩硕放眼全国，也不敢说自己就是顶尖人才。我们还是坐井观天了。

张主任看着我们，又说："说起来我也算是你们的学长，我上学那年是1979年，考上大学不容易。所以我很珍惜在学校的每一天，一直到现在，我都没有松懈。你们还年轻，可能觉得时间无限多，也浪费得起。但是你们得知道，人生的每一个阶段都有这个阶段要做的事，每一段时间都是有限的。你今天浪费了这段，明天浪费了那段，最终你会发现自己离那些优秀的人越来越远。"

最后，张主任敲了敲桌子，略带严肃地说道："今天的话，我以后再也不会和你们说起。你们已经浪费了一个月的时间，所以，实习报告如果想得优秀的话，你们得更努力才行。"

我们都点了点头。

接下来的两个月，我们三个都疯了一样地努力工作，早上八点就到事务所，主动地帮各位律师整理卷宗，查找法条，草拟辩护词，即便他们不采用，我们依然做得动力十足。

小伟也真正发挥了学霸的本事，几乎每一个律师都很喜欢他，因为他对法条的记忆和运用娴熟无比。把原本用来泡妞的时间用到了工作上，他的爆发力就显而易见了。

从那天开始，他居然从未迟到早退，甚至在第二个月的时候，作为助理进行了庭上陈词，并获得了一致好评。

个人认为资质最差的我，发挥了一贯集中力量打歼灭战的优势，老老实实地跟了一位律师，把他曾经做过的十几个案子的卷宗都认认真真地读了，还仿照他的陈词拟写了几遍，充分发挥了我在文学方面的造诣。当然，最后的结果也是非常好的，律师很直接地表达了对我的青睐，也希望我毕业以后能来所里工作。

我们三个的实习报告，张主任最后都给了优秀。

结束实习的那天，张主任又把我们叫到了他的办公室，依旧和蔼可亲地散了烟，这次小伟接了过去，两个人开心地抽了起来。

张主任点点头，赞赏地说："你们确实都是好学生，没有辜负你们的学校和老师。我想对你们讲，学校是一个学习的地方，实习就是让你们踏上社会的第一步，希望你们能顺利完成这个思想的转变。学校里有老师，有考试，甚至有同学明里暗里的竞争在逼着你们努力。从你们的学习成绩看，你们都是人生的赢家。但是社会上，没有人有义务提醒你们。说不定别人还在看着你们的笑话，是不是？

"社会上的竞争更残酷，你们可能是因为学习成绩好，得到了进入事务所实习的机会。但这只能说明你们赢了第一步，如果我不找你们三个谈，整个三个月的实习期，你们是不是就继续在泡妞、看小说、到处闲逛中度过了？

"人生不会给你那么多的机会的。"

听了张主任的话，本来还有些志得意满的我们，都是心里一紧。是的，如果没有两个月前的那次提醒，我们可能就这样把自己的实习期混过去了。

人生的竞争无处不在，所以当你懈怠时、当你过度舒适时，也许那就是一个陷阱。

几年以后，我听说小杨和韩硕在同一家事务所，都成了合伙人，也结了婚，成了神仙眷侣。

小伟最后没有做律师，去德国读了博士，他说要成为最好的人才，就得去最困难的地方磨难。德国的法学博士学位可不好拿。

我毕业以后没有从事法律行当，成了一名网络文学编辑，并在一年后开始创业，折腾得死去活来。但不管什么时候，只要想起张主任说过的话，都会惊出一身冷汗。

你的努力并不一定要让人看到，但是千万不要欺骗自己，让别人说："你只是看起来很努力。"

朋友不必在多，知心就好

有时候说起谁，就会有人说："那是我朋友。"

开始的时候，还有点仰慕他。后来想想也没啥，有那么多厉害的朋友，还不是和我做同事？

如果安慰一下自己，可以说，我和这个人中间就隔着一个同事的距离。

很多名人只能当个谈资，并没有什么实质的用处。人家过人家的日子，我过我的。中国和俄罗斯还接壤呢，又不是一个国家。

我朋友很少。

一是因为自己本来就不喜欢也不擅长经营人脉，另外也是被所谓的朋友伤得多了形成的自我防卫。

我爸妈结婚的时候，我爷爷家是右派分子，我姥爷家是贫下中农。我妈妈的陪嫁不多，据说有两块银圆，是我姥姥给压箱底的。

有一次说起，我妈妈还叹了口气。我问她咋了，她说："你呀，把咱家的银圆给别人了。"

我说："没有吧。"

后来回忆了一下，模模糊糊地记起是怎么回事了。

从小在村里长大，村里有五六个孩子都在一起玩，去河里抓虾，去海边拾贝壳，都很开心。我算是里面岁数小的，大概七八岁的样子，最大的有十五六岁的。

因为都是邻里，还算是熟人，小孩子在一起也没有什么避讳。

忘记了是谁拿了一块银圆问我们，谁家里还有这样的东西。我举手说我家里有两块，然后他就让我拿出来给大家看看。

我也没多想，傻愣愣地就回家去了，从箱子里摸出来，乐颠颠地去给小伙伴们现了。

后来转的手多了，我也没注意，就让人给掉了包。

至今我家里还有两个青铜的银圆，我放在身边，偶尔玩玩，也当个纪念。

儿时的伙伴，早记不住了那个人，也没有了联系。

坑人的，不是朋友。

如果没有利益诱惑，每个人都能和平相处。真正凸显人心的是利益相争的时候，朋友可以为你两肋插刀。

我见过因为岗位提升而招致朋友反目成仇的，还不止一例。

双方都向我抱怨，被晋升的那位满腹牢骚，说自从两个人争岗之后，朋友就没得做了，这家伙老整事儿，还打小报告，说各种坏话。

没被晋升的那位牢骚就更多，定有黑幕，他肯定不能罢休。

事情闹开了，整个公司都知道了，影响很不好，这两位同学兼同事最后公开决裂，至今见面都是横眉冷目。

一次，我遇到了他俩的主管，就顺嘴问了这事。主管看起来也是莫名惊诧。她很不开心地说："我本来是想两个都晋升，一个留在本部门，另一个推荐去分公司。发生这样的事，我就得再考虑考虑了。"

我说："你应该很了解这个情况啊！"

她有些脸红，说："他们俩打小报告我本来想不碍事，但没想到已经水火不容了。"

后来，这两个人，我都逐渐疏远了，现在也没有成为朋友。

我怕了。

人在利益面前红了眼，会做很多不好的事，这些可能当事人没注意，但旁边的人肯定看到了。没人愿意看到自己的朋友是这个样子。

职场上的朋友，常因各种忌讳而失去。

曾有人给我讲过一件事，当时他很激愤。

他说自己调到别的部门，原来负责的部门来了个新领导，于是就掀起了一场批判他的运动。本来被他视作朋友的下属，却给新领导献媚，在客户面前对他大加抨击，说新领导如何如何的好，他如何如何的坏。反倒是客户听不下去了，当场驳斥了这个下属，并且把事情和他讲了。

他很痛心，满脸悲切地和我说："再也不交这种朋友了，不，以后不和任何下属做朋友。"

我笑笑，说："你至少还有客户仗义执言呢。"

他叹口气，说："没想到啊，居然是只有一面之缘的人帮我出的头。"

见到他的失落，我给他讲了几件自己经历过的事情。

听完，他惊愕地说："你的人缘这么好，也能遇到这种事？"

我说："我哪里有什么好人缘，我也不会刻意地去结交他人，就是对别人好一点，愿意牺牲一点自己的利益罢了。而在他人看来，你对他十件事好，他不一定记得，但你一件事对他不好，他就记着了。"

所以，不必太伤心。

他听我讲完，顿觉释怀很多。作为一个合格的管理者，他给自己的朋友圈分了一个级，按照SABC一个个地归类。

我看不惯他的归类，笑笑便走了。但想必他是真明白了，你给予的多少与别人对你的伤害是成正比的。

职场上，你只能决定自己怎样对别人，不能决定别人怎样对你。

所以，无愧无心，善自珍重就好。

我的社交圈很窄，几乎都和工作直接相关。一天二十四个小时，有小一半时间要和同事度过，不能不考虑和同事之间的关系。

同事，就是同事，大家一起工作而已。如果是个自来熟，应该会很受伤，除非他不在意这个。

我见过这样的自来熟，刚入职就好像和每个人都是好朋友。打听各种消息，然后在各种人之间流通信息。我是不喜欢这个类型的人的，因为他们常常会做出这样的表情："我和你相处这么久，这种事你怎么能瞒我，你不信任我，你应该帮我啊，你有这样的义务。"

"因为你是我的朋友？"我常常回以这样的表情。

朋友这个词，涵盖面太大，可以很轻，也可以很重。

我的微博名叫血酬和他的朋友们，QQ空间和微信公众号也是同样的名字。对我来说，工作上的朋友很简单，标签上有句话写得明白：因为网络文学，我们成为朋友。

在这个意义上，朋友其实就是志同道合，同为网络文学添砖加瓦的就是朋友。

至于更深的意义，可能我认为就是兄弟了。

能做兄弟的，至少得有十年的经历吧。一起经过风雨，过过事。

一个人的兄弟总不会太多，屈指可数。

人心都有一杆秤，即便都是朋友，也有轻重。轻的点头之交，重的托妻献子。

还有一个女同事，哭着和我诉说她的朋友："我把她当朋友，才借钱给她的，没想到现在不但钱要不回来，还被她背后说坏话。"

这就是职场上的闺蜜吧。两个人好得跟什么一样，恨不得男朋友都要分享，每天晒在一起的"恩爱照"，最后就因为一两千块钱而撕破了脸。

很多人把结交朋友的数量当成了自己的一种实力的象征。朋友就像一个个砝码，有不同的重量，也成了可交换的资源，想着能给自己带来什么。

但这样的朋友，你愿意交吗？

十多年前，我第一次踏入职场的时候，心里也是忐忑不安的。想同事们是否好相处，会不会有同事对我表示好感，如果要一起吃饭我是拒绝呢，还是答应呢？

但是，入职以后，你会发现，没人关注你。

如果现在的我回到那时候，我会告诉自己："你想多了，兄弟。"

职场是个社交圈，但没你想得那么私人化。

人来人往，你唯一能赢得尊重的，就是做好你的工作。不是你有钱，你又不会分给别人；也不是你漂亮，你又不会嫁给每一个喜欢你的人。

这是最简单，也是最直接的关系。

做好你的工作，然后友善地与每一个人淡淡地接触。

谨守着职场礼节，请客吃饭有来有往，聚会想参加的就参加，不想参加的就不要参加。

我有一个制片人朋友，他喜欢喝酒，我不喜欢。每次他有酒局，或者是喝到半场想起了我，就打电话给我。

我说不去了，他就说："上次你不来，这次又不来，不给面子啊！"

我就笑笑，谢绝，然后继续做自己的事。

久而久之，他就不会再找我喝酒了，但有什么事，该合作还合作。

无非，你就是不喝酒而已，又不是连工作都不做了。

朋友的定义，其实古人早已经给了，君子和而不同。

如果你觉得朋友让你做的这事让你特委屈、特难受，那就别忍别受了。那不是朋友，是敌人。

朋友不会勉强你做什么事，敌人才会。

我最下不来台的时候，还是一个职场菜鸟。一个认识不久的朋友，让我帮他做一件事，这事本来就上不了台面，所以我就露出了为难的表情。那朋友就不高兴了，问我还当不当他是朋友了。

我想了一下，说："这个事我确实不能帮，有违我的原则。"

他当时就翻脸了，说："我请你吃的饭就当喂狗了。"

我把面条端起来，倒到他面前，然后一句话没说就走了。

后来，我们再也没有联系。

我从来不后悔失去这样一个"朋友"，现在想想，他也未必是真当我是朋友。

这些年的朋友，毕竟是失去得少，得到得多。现在手机号码簿上也有六百多个联系方式，QQ上近两千人，收到的名片有一尺高，但真正算得上朋友的，可能也不算太多吧。

一个人的幸福，只有自己最懂，所以我很喜欢一个朋友的签名：朋友不必在多，知心就好。

做自己的带刀侍卫

这个世界很凶险，一不小心就会被人坑。

父母们从小到大教导的，就是这样。从孩童时候开始，我就在打量着这个世界，看它是否真的如此：我是捡来的，半夜哭会被狼带走，与外面的人不要随便搭讪，不能要别人的东西……

现在看来，我还活得好好的。三十六年，虽然经历了很多坎坷，但并没有跌到坑里爬不起来。

有人说，最纯净的友情就是战友情和同学情。部队的生活我没有经历过，同学倒还是有的：小学、中学、入学，认识的同学组成一个加强排还是不成问题的。

小学时候，我就是个老实孩子，说实话，有点傻。

我四年级的时候，遇到个极品的语文老师，现在想想，是个猥琐男。他总喜欢把手伸到女同学的脖子后头的衣领里。

有一次，他刚把手伸到我前面同学的脖子上，我站起来说："老师，我有个问题要问你。"他瞪了我一眼，然后我也看着他，看着他一点点地把手从女同学的脖子上拿开。

　　他说："你下课以后到我办公室来。"

　　上完课，是午休时间，我傻愣愣地去了办公室。

　　一个人都没有。

　　快过完中午，学校的教导主任——一位慈眉善目的老妇人看到我一个人站在办公室门口，问我："你在这里等谁？"

　　我说："我们班语文老师让我在这里等他，从下课等到现在。"

　　她顺口问了原因，我就原原本本地告诉她了。然后她让我先回家吃饭，我就回家了。

　　后来发生的事，让我说不出感觉。

　　教导主任问那个女同学有没有这回事，她否认了。

　　看着语文老师铁青的脸，我也感觉后怕，但那一刻我忽然"彪"了起来，喊道："他还摸了××、×××。"

　　语文老师当时并没受到处罚，因为没有一个女同学愿意站出来。

　　我现在能理解那些女同学，怕被恶人伤害。但当时怎么都想不通。

　　接下来的半个学期，我被这个老师来回地折腾。

　　有时候是回答不上来问题，被罚站一个课时，有时候是被勒令中午只有十五分钟的吃饭时间。

　　我觉得特别恶心。当时有个电视剧，忘了名字，好像是《少年康熙》或是《包青天》，里面有个职业叫御前带刀侍卫，看起来挺威风的。我就想：我要是武功高强就好了，就能手起刀落，成为一名御前带刀侍卫，匡扶正义。

少年心中的那份执念，一直到五年级才消退。

因为那个语文老师，终于被学校辞退了。

少年时候的我，学习成绩优良，在很多老师眼里都是好学生。有时候在想，如果我学习成绩很差，教导主任还会不会和我说话？如果那时候我真的有一把刀，会不会就此走上邪路？

大学我读的是法学，老师告诉我们尽可能在规则允许的范围内做事，人被逼到不得不自救的时候，这个社会就有问题了。

初中时候，我遇到了另一位不好的班主任，也是一位语文老师。

有一次在课堂上，旁边的人和我说话，我说："下课再说。"

然后就看到语文老师走过来，她说："你们说什么话。"然后扬起手，就扇了我一巴掌。

这是我第一次被老师打。

后来，在入团的名额上，我也被卡了。

我一直想不明白，到底是因为什么。

后来，一而再、再而三地被老师踩，被安排去扫女厕所，站在窗外擦教室的玻璃……

到现在我都不明白，这是为什么，而且没有说理的地方。

最后，我终于忍不住了。有一次，在路上遇到班主任带着孩子，我就冲到她面前，说："你再欺负我，我就打你孩子。"

她愣住了，我看到她的眼皮子在跳，而我的手也在发抖。

我没有和爸妈讲，也没有找学校投诉，我选择了"自救"。

那时的我，有不少缺点，但勇气比现在多得多。

高中的时候，我信奉道教，所以什么也不争，什么也不抢。

在激烈的学习竞赛中，人可以忽略很多其他的东西，所以高中三年，我没有什么被欺负的记忆。

大学里，我好像第一次看到了社会的真相。

入学那一年，我们班拿了新生辩论赛的冠军，我也被选入法学院的院队，第二年退出。

入学那一年，我们班竞选班干部，我竞选团支书，后来又退出。

毫无心机的我，带着点骄傲的我，选择了退出。

与世无争，我觉得自己好像真的可以安然无恙。

在大学里，我交了很多朋友，也拉黑了一些人。

有一个同学，一直在以贫困生的名义申请助学金。但是，买手机、抽烟、喝酒什么都不落下，活得很潇洒。

毕业以后，他拉我一起住，说房子很好，两人住着也有个照应。

我去了，然后交了房租、网费、电费，因为电压不稳，还买了个稳压器。

第一周的前两天还好，第三天我还在睡觉，听到外面窸窸窣窣的声音。我打开门一看，他正在收拾东西，对我说："家里出了事，得赶紧回去一趟。"

我想同学总还是值得信任的，也没往别的地方想，就看着他把打包的东西都带走了。

心里有些许不祥的预感，然后这预感在第二周变成了现实。

一个老头儿敲门，说我们已经很久没交房租了。我还愣愣地和他说："上周我才交了呀！"

事情就是这样，我得告诉自己：我被骗了，被自己的同学骗了。

补上了老头儿的房租，我搬走了，这个地方实在是让我伤心。

那年的司法考试，我们不少同学凑在一起，我就讲起这件事，然后发现好几个同学都被他借过钱，骗过。有一个同学甚至把每月一大半的工资都借给了他。

我忍不了这口气，就在班级群里问他什么时候还钱。

然后他装死，不回。

后来，他考上了研究生，假模假样地打电话给我，说要还钱。我把卡号给了他，再无回音。

树大有枯枝，被骗也许无可避免。

我想，每一个对世界怀着善意的人们，最伤心的莫过于自己的善心被欺骗。

工作以后，被骗过最惨的一次，也是和钱有关。

数额不大，四千五百元，我攒了三个月的私房钱。

我心软，见不得人间的惨事。

他是一个网络写手，我有他全套的签约资料。有一天他和我说，他可能要坐牢。

我问他怎么了，他说他打了人。

因为有个畜生侮辱了他妹妹，他一时激愤之下，就动了手。

他是某医学院的研究生，也面临着退学的结局，他想在进去之前，给他父母留点钱。

他以为我是17K小说网的创始人，会有一些钱。

于是，第一次他借一千五百元，我借了。

第二次，他又借了三千元，我也借了。

第三次，他再来找我，我说真没钱了。

他没再找我，后来2008年5月，我从上海搬家到北京缺路费，就想起两年前这事。

QQ留言，不回。

电话第一次接通了，说明了来意，他也要了我的银行账号，然后挂了。再打，不接。

我意识到，可能又被骗了。

我总是容易被悲惨的故事打动，然后尽我所能地付出。

搬家的钱，最后是和公司借的。

我想，人的善良，总是有限度的。如果一次被伤害，可能是这个世界有恶意；一次又一次被伤害，可能真的是你自己有问题。

比如，你没有给自己套上铠甲，你没有给自己设立防线。

从这一次被骗以后，我就告诉自己，不要再借钱给任何人。

信念，有总比没有好，虽然你不是总能坚守住。

在那之后，我还借了钱给两个同事，每次都是一万元。一次是同事救急，对方是主动还的。另一次是我催了好几次才还的。

人总是在一次次的跌倒后才学会奔跑，也是在一次次的受伤害后才会怀疑人生。

我还是相信人生，相信理想，相信人世间的真善美。

只是，不借钱了，我的朋友。

相比于学校，职场是一个更容易中招的地方。

因为没有人情，只有利益。

刚进入职场的时候，我就感受到了别人的恶意。

虽然事后想想，那并不是针对我个人，而是针对我所在的职位。

2005年我入职了盛大起点中文网（以下简称：起点），在第二编辑组负责签约审核、三江阁、评论版和新作盟四块业务。相比于另两个编辑组，我的任务可能更重一点，当然在别人看来，公共资源也更多一点。

我很努力地工作，觉得自己有使不完的劲头。直到有一天，坐在我对面的那个编辑组长和我说："你们把三江阁推荐当成自己的了，只推你们组的书。"

我愣住了，我从来没想过会有这种事发生，也不知道怎么回应。最后，我和二组的老大哥说了。他爆发了，怒吼道："××，你想干什么？"

办公室一片安静。

后来，我们离开了起点，一起创办了17K小说网。

老大哥和我说："你太老实了，要是我，当时就拿键盘砸过去了。你不反击，别人还以为你心虚了。"

我后来想，我到底在怕什么？怕影响到自己的工作，还是已经被这世界磨去了棱角？

我想到了少年时那带刀护卫的梦想。

我特别能忍，很多别人忍不了的事，我都能忍，除非打破了我的底线。

我的底线就是人品被质疑和17K小说网的根本利益被侵害。

做网络文学编辑十多年，这样的故事很多。

人应该安分守己，但当自己的利益受到侵犯时，我希望你能站出来捍卫它。

有一年，我看了一部电影，叫《秋菊打官司》。我一直对巩俐有好感，也来源于这部电影。

一个乡村妇女就为了讨个说法，挺着个大肚子，和村主任较上了劲。

不管村主任最后怎样，这种傻愣愣的精神值得赞扬。

最近，冯小刚拍了一部电影《我不是潘金莲》，主演是范冰冰，我想去看看，她这二十年，有没有讨到个说法。

人活在这个世界上，真的很不容易。所以，别让自己受欺负，以什么样的名义都不行。

我就冷淡，碍着谁了

文/血酬

在很多人看来，我是个特别开朗的人，甚至有些话痨。

我从小就有演说的爱好。据我父母说，在六七岁的时候，我就会给村里的孩子们讲各种故事。故事的来源很多，有从大人那里听来的，有自己看小人书的，还有广播电视里讲的，反正总能扯点东西摆龙门阵。

大人们常对我爷爷恭维说，你那个孙子随你，口才特别好，孩子头儿。

老爷子常笑一下，然而并不言语。

新中国成立前他就参加工作，后来当上了我们县的法院院长，然后被打成右派二十多年，直到我出生的时候才恢复名誉，成了一名离休干部。

我是守在他身边最小的、也是唯一的孙子，所以他最疼我。但我初中的时候，他就去世了。关于他的很多事情，我都是后来听人说的。

老爷子话很少，极有威严，但他年轻的时候雄辩滔滔。

我能记着的，是他偶尔提到的只言片语。

他曾说："话要少讲，祸从口出。人前说人好，人后有人知。"

前半句，我没有听进去，所以吃了不少亏。后半句我一直做得还不错，看人很少看缺点，都是看人好的一面。当然，也会吃一些亏，但收获总还是多一些。

在学校的时候，我举报过品德不好的老师，也和老师说过一些同学不好的事情，比如偷东西、考试作弊、和小痞子乱搞男女关系等。

有一次，我被几个社会小青年惦记上了，把我围在学校后的角落里，他们叼着烟，学着古惑仔的样子，腰后还别着钢管刀。

我怕，怕死了。

我心里骂自己，×××虽然是我同桌，但她愿意和小痞子交往，我干吗非得和老师说。

那一次的脱身，我一直认为是因为我机智的大喊大叫吸引了大人们的注意，但现在想想，可能他们也只是想吓唬我一下。

学校的教育没给我留下什么好的印象。老师们鼓励学生要洁身自爱，要相互帮助，但同时也在鼓励大家做"间谍"，相互举报。但更不好的是，他们给学生提供不了保护。当我把小痞子围堵我的事告诉老师时，他轻飘飘地说道："自己要小心。"

然后就走了。

就走了。

走了。

社会上风气不好，有时候我们会幻想学校是个象牙塔，会鼓吹老师是天底下最光明的职业，是春蚕，是蜡烛，是伟大的象征。但对我来说，那一天发生的事让我知道了什么是黑暗。

事情最后的解决，是我的两个哥哥去找小痞子们理论了一番。

所以，兄弟很重要，老师不可靠。

说起老师，平心而论，大多数老师都对我很好，但那一些比较差劲的老师拉低了平均分。从小学到大学，我遇到的老师可能有四五十个，真正让我深恶痛绝的就四个：骚扰女同学的，暴躁扇我嘴巴的，还有两个是公然索贿的。

有一个老师曾经得意洋洋地炫耀，他家盖的别墅没花自己一分钱。

有知道内情的同学和我说，这个老师先把同学的家庭背景都调查了一遍，然后就找学生做家访，之后的很多事就由学生家长帮忙搞定了。对这个消息，我一直记在心里，有一次教务主任和我拉家常的时候，我就把这事告诉了他。后续怎样，我不知道，但我的任务结束了，不用堵在心里，一直耿耿于怀。

另一个老师的事，是我亲身经历的。家访的时候，我在隔壁装着写作业，耳朵却竖得尖尖的，生恐老师和我爸妈告状，最后让我挨打。

但事情的经过和我想的完全不一样，老师不但没说我坏话，反而对我的学习成绩大加赞扬，说我父母教育得好诸如此类的话。

我放下了心事，就开开心心地写作业了。

大人的世界我不懂，后来我爸妈吃饭的时候说这个老师在索贿，要东西。

对索贿这个词，当时我完全没意识到什么意思，随着爸妈深入的交谈，我大概知道了，家访的目的，是老师和家长的交易。对我这种考第二都很难的学生来说，学习成绩是不能作为家访的理由的。

所以，我一直很讨厌家访，也讨厌一切深入到家庭的交往。

这就是所谓的童年阴影吧。

从我成家以后，从来没做过家宴，没请过同学和同事来家里吃饭，到家里来的人十年里也不超过十个。

我谨守着这方小天地，谨守着这私人空间。

空间里是我、我老婆、我父母和岳父母，不包括朋友。即便只有家人，但也是一个个套起来的圈，最里面是同住的两公母。

成家以后，我也不和父母、岳父母同住。从传统的几代同堂不分家来说，我肯定不是他们喜欢的对象。

如果不是天生如此，我只能说人长大后的做事风格、逻辑与童年的经历有很大关系。我爸妈属于热情好客的，典型的山东家庭。到我这儿就差得远了，听我说起我的一些经历和做事方式，我爸说我太冷淡，缺少人情味。

我说人各有志。我的朋友也不少，朋友可以在一起吃喝玩乐，可以玩到通宵达旦，秉烛而谈。但家庭是一道防火墙，我内心里排斥别人的进入，也拒绝别人的说三道四。

说急了，我就吵吵："我就不喜欢别人到我家里来，我就不喜欢迎来送往的，我就冷淡，碍着谁了。"

我也不喜欢去别人家里，不想参加一切聚会性的活动：婚礼、宴席、聚会等。毕业以后，我只参加过四场婚礼：两场同事的，一场作者的，一场自己的。

去参加同事的婚礼，是因为初入职场不懂事，所以我私底下问老大哥：是不是编辑部的人都得去；礼金送多少；上海的婚宴有没有什么禁忌；我要是不去的话，别人会不会认为我很不给面子，或者是干脆对我有意见，对我工作有影响？

去参加作者的婚礼，是因为当时老大哥要我一起去，知遇之恩，是一辈子还不上的人情。

自己的婚礼，不参加不好。

所以，真不是看不上谁，也不是看不起谁，只是"天生冷淡"吧！

一定要参加的宴席，我也是举杯寥寥，很少敬酒，也很少喝酒。不是不给面子，也不是怕喝酒伤身，是真的"天生冷淡"吧！

必须要去的聚会，我也不会是成为主角的那个，看别人发光发热也很开心，轮到自己了，总有些顾忌。

只有极小的朋友圈，我才能放开自己，高谈阔论，像小时候一样，给人讲各种轶事，说各色鸡汤，也不管别人是真想听还是不得不听。

我后来查了下，像我这样的人不少，通俗地讲叫"宅"，文艺点地叫"孤独症候群"。

一个作者朋友说，我只有在谈工作的时候才滔滔不绝，其他的时候都很沉默。

我想想，确实是这样的。

在过去的那些年里，我守候的东西不多，在意的人也不多。

我说君子之交淡如水，但其实也是个托词，是为了掩盖我在社交上的冷淡。

现在也一样，没有丝毫改善。

有一次同事私底下问我："血大，我看别的同事成天都在外面跑，参加各种会，结交各种人才，在朋友圈里晒人脉，我觉得好恐慌。"

我说："我从未有过这种恐慌，因为我知道，我不是个跑商务的人才，也不是个掮客。人脉对我来说，没太多用处。你看，我做的这些项目，用到了多少人脉呢？现代社会合作为先，你认识很多人，把时间都用在了结交别人上，最终别人和你合作看的是什么？公司聘用你看的又是什么？"

他犹豫了一下说："能干活。"

是的，**不是每个人都要经营人脉，选择适合自己的发展之路，然后尽力让自己成为所在领域的专家，这才是避免人脉恐慌的根本。**

人的时间总是有限的，分出去的越多，留下的就越少。

一周七天时间，有五天上班，两天学习。

白天上班，晚上回家。

能不开的会，不开；能不去的活动，不去；能不见的人，不见。

在自己的人生规划上，我不是一个社交型的人才，也不想认识很多的人。

我喜欢和熟人做事情，谈生意。

如果在数量和质量上，你一定要选一个，我肯定是选质量的。

我还挺喜欢中文在线的同志战友兄弟式的文化，是以时间长度来划分的。

大家做同事三年，叫同志；做同事五年，叫战友；做同事十年，叫兄弟。

时间是一个残酷的维度，很多人你曾经觉得很亲密的，随着时间的推移会慢慢消失。

我也不推崇人脉。很多人提倡要经营人脉，我有时候不太看得上，觉得是钻营。但转念想想，别人的人生经历和职业道路与我不同，我既然不喜欢别人对我说三道四，又何必对别人说三道四呢？

冷淡，是一堵围墙，把自己圈在墙里，可以闲暇读读书，和朋友聊聊天，把无聊的社交应酬挡在外面。

反正日子是自己过，路是自己走，冷淡也好，热情也罢，我也没碍着谁。

我可以不加班

文/血酬

刚开始工作的时候，我还是个加班狂。加班的原因很多，但最主要的是自己笨。

2005年去的起点中文网，在编辑部做签约编辑，那时候还没太正规，每个人除了自己的岗位职责之外，顺便还有三四个别的安排。比如我，除了做二组的签约工作，还要负责三江阁推荐的审核、评书版的管理等。

那时，总觉得工作做不完，我们组的主编就和我说，你做工作要抓大放小，签约的工作是第一位的，三江阁推荐是第二位的，其他的工作有时间就做，没时间就算了。

我听得朦朦胧胧，想自己身强力壮的，这些工作应该不在话下，但真干起来的时候，就知道苦了。

那时节，正是"起点"的强劲发展期，申请签约、推荐的作者特别多，而且都得三天内回复。每本申请的书多的有几十万字，少的也有几万字，一本本地看下来，真是头晕眼花，精力不济。

那时候，每天晚上走得最晚的就两个人，我和老板。

老板有时候下班了，看我还在看书，就和我聊两句，让我早点回去，可我总想着把当天的工作做完才走，结果回回都是九点半以后。

最难过的是周四的晚上，因为周五需要交周报、签约表、推荐位的安排，往往到了最后一班地铁的时间还做不完，不得不赶个通宵。有时候要把书都下载下来连夜看，有时候来不及下载的就得到别人家里去蹭网。我住的地方还没有装上宽带，所以特别讨厌。

"起点"的一个作者笔名叫开玩笑的，他家是我常去借网的地方，每次我去的时候，他就睡觉，然后我就用他的电脑一本本地把"起点"后台的作品审核完。快的时候四五点钟就完成了，最慢的一次要到第二天早上八九点。

然后去公司继续上一天班，到周五晚上，到家就睡，一直睡到周六下午才起床。

这样的日子持续了将近三个月，才逐渐有了改善。我后来想想，主要是自己工作方法的原因。

作为一个签约编辑，职责是签约那些符合商业创作要求的作品，所以很多作品不需要看很多内容，就知道适合不适合签约。推荐也是一样，只有那些符合要求的作品才能被推荐。但那时候我想作者创作一部作品不容易，怎样都得看完以后再给意见，这样作者会知道编辑是怎样看书、审核的。

但当时的结果并不好，很多拿到我给的意见的作者，反而在论坛上大闹，说他的作品怎样怎样好，并不是我看的那样。当时水漫三江的事情时有发生，最终，都是我们组的主编去处理。

最后，为了平息争论，也为了节省我这样编辑的时间，所有的推荐和签约都不给"退稿理由"了。

主编很耐心地和我谈了，说他也是作者出身，很理解我的想法。但工作就是工作，我工作的每一分钟，公司都是付了钱的，所以我一定要先满足公司的需求，把本职工作做好，把我的工资赚回来，然后有时间、有精力再做"善事"。靠通宵达旦的熬夜来完成工作，是最笨的办法，我也坚持不了多久。

这次谈话，让我彻底醒悟了，终于明白职场规则是怎样的。作为一个新人，我同情心泛滥，并且一次次地违拗主编的意思，自己看起来很努力，但实际上效果并不好。

从那以后，我就很少写书评，也很少对一个作者说他书不好的原因。原本可能每周需要八十个小时才能做完的事，现在一半的时间就绰绰有余。

我学会了怎样有效率地做事，怎样省时省力地完成工作。我们主编很满意，他一直说我很能干，几乎一个人把一个组的工作都扛下来了。其实我更应该感谢的是他，他教给了我"偷懒"的方法。

商业就是商业，商业公司有商业公司的规则和玩法，你能适应就能做得很好；你不能适应，需要改变的不是公司，而是你自己。

没人真的喜欢加班，即便是老板。大多数的老板加班，是因为内心的焦虑需要靠繁重的体力劳动来麻醉自己，这一点我是在后面的七八年里逐渐体验到了。

在起点中文网离职之后，我就自己创业了。创业的过程中，我也是想在前做在后。我自己也好，身边的同事也好，我不鼓励大家加班。

因为你正常工作时间能做完的，就是你的岗位工作。而工作时间做不完还需要加班做的，要么是工作确实非常饱和，要么是你自己技能方面有缺失。

工作过度饱和，需要做的是申请增加编制，而不是靠自己硬扛。因为有些事无论你多么能干，技能多么娴熟，其实都需要更多的人才能解决。

创业的第一年，我们只有四位编辑，每个人都负责一大块工作，有负责产品的，有负责审稿的，有负责作者团队和内外部沟通的，每个人看起来都很忙，蓬勃增长的作者数量决定了编辑数量需要增加，否则服务的质量必然有所下降。一个人再怎么能干，都没办法同时和几个作者同时聊天看稿。

人手不足是每个初创团队都会遇到的问题。我总在想，和我们类型相同的网站，编辑数量起码是我们的三倍，但我们又不可能一开始就招这么多编辑，那怎样解决人手不足的问题呢？

我一直在想这个问题，一个月后，在北京到上海的火车上，我想出了一个办法，通过SOHO的方式招聘网络编辑，通过批量训练、淘汰的方式来找到合适的人选，只要数量足够大，保证我们有共同的筛选标准，那一定可以解决人手的问题。

回到上海以后，我就和老大哥提了这个想法，然后他就开始组织人员做"网络编辑训练营"。

我们不是第一次做网络编辑，在学校的时候，我就已经在"起点"做了，但相较于之前随意性很强的爱好者团队来说，这一次是真正地把网络编辑当工作人员开始训练、淘汰。

之后的很多年，我们的编辑团队都没缺过人，临时人手不足的时候就从网络编辑团队抽调，这解决了我们创业初期的一个很大问题，并持续不断地为我们输送合适的人才。

忙是一定的，找到解决的办法也是一定的，我相信这一点。

而且，不必要太过于逼迫自己，如果你只有50点的技能，就不要去挑战100点的任务，60点就好。决定一个人高度的不只有天资、勤奋，还有聪明的做事方法。

每个踏入职场的新人，总会面对加班这个问题。我想与其抱怨，不妨考虑一下，从哪方面下手来解决这个问题更有意义。

如果你的公司是那种逼着员工加班，哪怕是让你在那儿熬时间的，那最好的解决办法就是尽快离职，这样的公司不会有前途。

如果你遇到特别苛刻的领导，比如《穿普拉达的女王》里的时尚女主编，那恭喜你，你的解决办法也有两个：第一，成为她要求的那种人；第二，过你想过的生活。

新人也可当天王

每个人都曾是职场新人，每个新人入职的时候可能都会有些兴奋，也会有些茫然。

我已经不年轻了，不算是职场新人。经历了十二年的职场生涯，做过实习生，也招聘过数百的新手，对我来讲，印象深刻的有这样几个人。

知名不具，暂命名为甲乙丙丁吧。

甲和我同时入职，是个老实孩子，不说话你绝不知道他的优秀，别人都说他是个宅男。

这样的人在职场上似乎总是被欺负的对象，但很奇怪的是，他一路高升，十年时间已经从一个普通的编辑成长为一个大公司的总经理。

我和他相交多年，有一次住在一起，夜里闲聊，问他怎样做既能不受欺负，又能升职加薪。

他笑笑，说了四个字：不惹是非。

这个就有点禅意了。我知道在一个公司里，有各种各样的小道消息，好像别人和他讲的时候，他总是一副爱答不理的样子，久而久之，就没人和他讲了。

但是光这个还不够，他还得能躲得过自己的是非。

不知道国外的职场如何，中国的职场上能不沾是非的人几乎没有。比如你升职了，那就是挡了别人的路；你加薪了，别人的薪资可能就加不了。因为资源总量是有限的，有人得就有人失。

他很淡然，他说："你知道我从来不争权，也不要求加薪。我只专注于我的工作，努力工作自然就能让领导离不开我。"

而且，还没有是非沾身。

看起来这是一步慢棋，但好在内功深厚，能稳扎稳打，步步为营，最终成为圈子里数一数二的大拿。

甲的路与我走的类似，但我经历了很多岗位的变换，也自己创过业，所以可能跌的跟头更多，不像他这样片叶不沾身，最终凌绝顶。

我想，对于绝大多数的职场新人来说，甲的路就是一条少林寺之路。当然，你得有一颗打持久战的心。

不甘寂寞的人，可不行。

乙就是个不甘寂寞的人，她挂着集团副总裁的头衔，行走于一片成功人士当中，同样的十年时间，风言风语不少，但总体来说，还是个相当成功的职场红人。

乙的秘诀就是紧跟领导。

职场如官场，没人可不行。有一个赏识你的贵人，只要贵人不倒，你总能一帆风顺。

当然，并不是要你做个哈巴狗，聪明的人都不会这样想。

事事想在领导前头，才是紧跟领导的最大秘诀。

从小事到大事，凡是领导的事，就是最大的事。

比如你正在做你的日常工作，但领导交代你去订个餐，你去还是不去？

听说有个央视的小伙子很硬气地说："我是来做导演的，不是来订盒饭的。"

这样的人，遇到有雅量的领导可能就过去了，换个人订就是了。如果遇到个记仇的领导，面子上挂不住，对不起，你只能说句"此处不留爷自有留爷处"，然后拍拍屁股潇潇洒洒地走人了。否则小鞋够你穿的。

别笑，这就是职场残酷的现实。职场是由人组成的，你不能要求你遇到的都是伯乐。

当你不能改变现实的时候，能改变的就只有你自己了。

乙在这些事上就做得极好，很让我佩服。

比如领导想做一件事，但难以启齿，她就立刻体察"圣意"，偷偷地把事办了，然后再不经意地和领导汇报一下。

领导免了开口的难处，也把事情办了，在一群木瓜当中，自然就觉得她鹤立鸡群。

当有提拔机会的时候，大家工作能力都差不多，哪怕差一点，有好感在，那机会也就是你的了。

另外很重要的一点，就是和领导同进退。

职场上不可避免地会有小圈子，像我这样崇尚自由平等、无党无私的是少数。在这个小圈子里，有很多潜规则，比如要和领导共进退，不能卖"主"求荣。

乙的两次最重要的晋升，就与此直接相关。

危难时刻，你能挺身而出，力挺领导，自然你就能进入领导的核心圈，成为"自己人"。

每个人选择的道路不同，但选定了就不能随便改弦更张，这便是最快的晋升之路。

丙是一个江湖大哥。

当然，不是去砍人的那种。说他是江湖大哥，是因为他极讲义气。

护犊子是他的标签。

当然，也因此受过伤害，因为不是每个犊子都争气的。

丙哥在学校的时候，就是个义气深重的人，为不少人出过头，也有不少的铁杆兄弟。工作以后，也没少和人顶牛。

他的职场之路虽然没有甲乙的顺，但如今也站在圈子的顶端，成为一方大佬，赢得很多人的尊敬。

我也受过他的恩惠。

工作上他不是全才，做具体的工作不太擅长，但与人打交道的能力比较出色。所以我常开玩笑地说："你天生适合当领导。"

但很少有人初入职场，就当领导。

他的蹿起，是从兄弟义气开始的。

有很多人在职场上遇到事就退缩了，他从来不退。没人领的任务，他领，不管这事多脏多累，通宵达旦，他都要干完。

久而久之，他就成了领导心目中的能人。

没人知道他因此受了多少苦，也没人在乎他受了多少苦。

有些同事会觉得他晋升过快，但实际上他工作的时长是别人的好几倍，他并不是一个聪明伶俐的人。

在即将晋升副总的时候，他选择了离开。所有人都很不解，说："别人走倒也罢了，你走没有任何好处啊！"

他说："我哥们儿走了，我自然也要走。"

义气，是他的标签。钱财，从来都不是。

后来他又辗转了几家公司，也放弃了不少现实的利益，但如今他也站在很高的位置上，赢得了地位和尊重。

没人说跳槽就不能成事，忠诚于行业，不执着于公司，这是他的成功经验。

关于丁的故事，我想讲得多一点，因为今天不是贩卖成功学，在四个人当中，他的起点最低，现在的职位也最低。

他是一个老实人，最早是做客服的，人称"客服一枝花"。

他也是一个老好人，从没任何人说过他的不好。

他不会巴结领导，也没有特殊技能，似乎就是个最平常的员工。

他有些木讷，也有些善良，很明显缺乏某些领导喜爱的狼性精神。

他心里苦的时候，也就叹叹气，不会和人牢骚抱怨。

从他嘴里，你听不到什么负能量的东西。

他不是能拯救公司的能人，你也听不到他吹嘘什么。

我曾说过他像一块压舱石，平常扬帆远航的时候，你见不到他，也算不上战功赫赫。

他就是一个平凡的人。

但他踏实。

张扬的人看不上这样的人，他们总想搞个大新闻什么的。

懂他的人还是有的。

每一个老板都曾阅人无数，我想他们最经常看到的，就是牛皮吹得山响的，个性十分张扬的。

我们这个社会喜欢这样的人，第一印象好。

但一个公司里，如果这样的人过多，就好像开了个澡堂子。天南海北什么样的声调都有，经常是吵吵了一天，最终什么活都没干。

丁就是在你吵吵的时候，默默地把活都干了的人。

他稳妥得让人惊讶。

每一件事，只要交给他，他就想办法去完成。如果完成不了的，他会直接告诉你他干不了，让你另外想办法或者找别人。

郭德纲经常自谦，说他能力有限，水平不高，但尽心尽力地给大伙儿说相声。

丁就是这样的人，他不是自谦。

他只待过两家公司，一家三年，一家十年。

一家公司的员工主体，应该由这样的人构成，否则，它根本不可能存在十年。

有经验的老板们也逐渐摸清了很多花里胡哨的人的三板斧，最终他们会明白，能陪他们走得远的，都是那些不起眼的人。

甲乙丙丁四个，他们的路各有不同，但他们的职业人生，其实都很精彩。

每年有几百万大学生进入职场，他们可能和十多年前的我们一样，有着不同的个性，有着不同的向往，也有着不同的心思和手段。

但职场之上，也要坚持做人的底线。有一些曾经惊才绝艳的，现在已经身陷囹圄；有一些曾经盛气凌人的，现在已远走他乡。

我身边的这四个人，都真实存在着，而且就我所知，他们并没有干过什么不好的事情，一直坚守着自己的人生底线。

其实，对我们每一个人来说，都遇到过很多的诱惑，也遇到过"是可忍孰不可忍"的时候，但每当要失控的时候，你要想一想——

没有什么事能永远不被发现，没有什么勾当能不为人知，工作能力可以有高有低，但是要保证自己的人品绝无问题。

这么多双眼睛在看着，真能逃得了？

《功夫》里，包租公和包租婆说，年轻人行差踏错难免的。

但那毕竟是电影里的故事，对职场新人来说，真办了错事，有了人生污点，再想洗白，那可能就这一辈子的事了。

十年工夫，其实一眨眼就过去了。

想起十多年前，我们五个人也是先后踏入职场，谁也不知道未来会什么样子。但日子就这样一天天地过去了，守住底线，然后八仙过海，各显神通。现在我们处在一个好时候，虽然竞争激烈，但只要不贪不懒，日子总还过得去。

我一直觉得，这世界是一代新人胜旧人的，新人总是要当天王，总是要比我们做得好。

希望如此吧。

学会当助理是你职场的第一步

文/血酬

昨天，我看到曾经带过的一位编辑发了一条"说说"，里面写了三件事：

第一件事是说他做了一件错事，因为自己某些事的耽搁，导致领导没有赶上火车，觉得很愧疚；

第二件事是看到初创的公司有不少问题，可能是因为沟通的原因造成的，很苦恼；

第三件事是他的一个坏习惯，就是和别人打电话的时候，会先挂断，但是他不想改。

我给他回了几句话："有错就改，当面道歉；初创公司一定处处漏水，问题无数，不耽误大事就行，重要的是做好自己的事；总是先挂电话不好，现在是你需要适应社会、适应别人的时候。"

说起来，认识他也有两年时间了，小孩子有冲劲，能干活，但确实不够稳重，与人打交道的能力稍有所欠缺。

所幸他现在的老板虽然对他要求严格，但也比较欣赏他。

我说："助理好做，是因为有老板在，凡事不用自己想；助理不好做，是因为要想做个好助理，就得事事考虑在领导前头。"

我带过三个助理，其中一个是应届生，姑且叫X吧，刚刚入职的时候，说想跟着业务能力强的人学习。公司人事部门一想我这样的人算是个人才吧，就把他分配给了我。

说实话，我带人也就三板斧：第一是和你聊天，听听你自己的想法；第二，根据你自己的想法给你安排几件事情；第三，根据事情来看看你适合做什么样的工作。

先聊天，是因为我一贯不愿意勉强人，也不愿意拿职位或者资历去压别人，所以谈话就很有必要。我得知道这孩子真实的想法是什么，这样才能因材施教。

X的想法很简单，就是当管理者。

我知道有些公司喜欢招一些名校毕业的大学生做管理培训生，在工作一段时间之后，可以提拔成管理序列的初级管理者。

做管理者也没什么不好，毕竟走专业序列的人实在是太多了。

那这样，我对他说："你第一个星期什么也不用干，我做什么你就看着，我去哪里你就跟着。如果有疑问你就问我，哪些事你有兴趣，我就交给你做。"

他说："好。"

然后，第二天早上，他就迟到了。

我开完了晨会还没有看到他，也没多想，快中午的时候，X急匆匆地赶来，和我说："不好意思，家里出了点事，迟到了。"

我一向都对员工说先把家里的事搞定，以免工作的时候挂念反而耽误事，所以有假就批，从无二话。

下午我要见一个客户，我说："这样，你和我一起去拜访，你做下会议记录。"

和客户谈得很顺利，回公司以后，我对他说："记录发给我看一下。"

他"啊"了一声，说："不好意思，我光听你们聊了，忘了。"

"那你复述一下，我和客户聊了些什么吧。"

他听我语气严肃，略有点紧张说："就是谈影视剧的合作吧。"

"谈的哪本书？双方怎么合作？"

他一下子急了，冲我嚷嚷道："我哪知道啊，我又没看过书。"

我摇摇头，把他叫到会议室里，看着他，默不作声。

X有点害怕，但又很倔强地说："我是要当管理者的，业务方面的事，我不在行。"

我笑了，问他："你是××大学毕业，管理学专业的吧。"

他努力地点点头。

我问："那你知道我们公司多少人，多少个部门，每个部门的工作职责是什么吗？"

他摇摇头说："人事部门有档案，我要是总经理肯定可以随时查看。"

我说："没有人天生就是总经理。即便以后你能当上总经理，你现在也得想怎样从助理走到总经理那一步，对不对？"

我看了他一眼，继续说："总经理需要招人，各部门业务需要报批，你怎么知道哪个部门需要招多少人，花多少钱，业务方案该不该批，合同该不该签？你管理学可能学得很好，但西方管理学的东西能直接套在企业上用吗？会不会削足适履？"

他愣了一下说："你还懂管理学？我记得你专业是法学啊！"

我问："你是不是觉得我是半路出家，管理上特不专业？公司找总经理就得找××大学的MBA，甚至是EMBA才能管好？"

他没说话，似乎是不太服气。我欣赏年轻人的锐气，因为我也曾经那样无所畏惧过。

我说："在你之前，我带过一个助理，自己也做过一次助理，要不要给你讲讲？"

看他没有反对，我就给他讲了我带的第一个助理Z的事。

那还是创业初期的事，由于工作过于繁忙，所以时常忘事，人事部门就给我找了个助理，平常做个提醒什么的，因为有时候我饭也会忘了吃。

第一天要下班的时候，Z带着个小本子来找我："老板，今天你没交代事给我做，我帮你查了明天的记录，你要开三个会，见两个客户，一个在公司，一个在黄浦区。我看你时间有冲突的，你看部门会和见客户这两项哪个改约一下？"

我当时很震惊，因为我时间管理一直做得不好。

我改了部门会的时间，赶在下班前和同事说了。然后第二天早上，更令我惊讶的事情发生了：Z在我的电脑上贴了四个小字条，列明了我今天要做的事，并且收到了一封邮件提醒，在每个时间段我要做什么样的事情。要见的客户资料，也提前查了，虽然我知道得比他查百度知道得更清楚。

"这是个人才。"我心里说。我后来和人事部门推荐了，根据他的特长，可以去做市场部的工作。

最后，他成了一家4A公司的副总裁，做的业务比我的大得多。

我给集团总裁当助理的时候，还要做子公司的业务，所以只做了三个月的时间。

那是我从未有过考勤问题的三个月。

每天早上八点半，要提前到总裁办公室等着，要给总裁回复昨天的工作进展，并且接领新的任务单。同时，跟随总裁一天的行程，还不能耽误自己部门的工作。

那时，我一般都要到半夜才能休息。但是，总裁睡觉的时间，比我更晚，一般在深夜两点。

每一个任务，我都放在EXCEL表上，列了当前进展和完成目标、评定标准。完成一个，就隐藏一个，最终任务单上只有为数不多的几项留存，那都是我能力之外的任务。

那三个月，我从忙得喘不过气到从容应对，没有办砸任何一件事。

我后来想，如果我一开始工作，就是给总裁当助理，可能就不会吃那么多亏，摔那么多跟头。

我确实是在市场的摸爬滚打中，自学成才。我没读过MBA，也没有聆听过教授们的教诲，但我带着一个公司，做到了行业第二名，还算是有点成绩。

我看着X，他已经有些不安。

我说："你学过。但是，你连个助理都做不好。你简直是给你的母校蒙羞。"

我的话有点重，他羞红了脸。

我带助理的第二板斧，就是交给他一些事做。如果做得好，我会表扬。如果做得不好，我也不会批评。除非是让我特别失望。X，就让我特别失望。

"希望你知耻而后勇。如果你不想继续当助理，可以和我说，也可以找人事部门谈。"

说完，我就走了。

接下来的一周，X没有走，但也很沉默。我没管他。

周五下班的时候，他主动找我，说："老板，我想清楚了。我要继续当你的助理。"

我问："真想清楚了？"

X很肯定地说："是。这周我在看你怎样管理公司，看你开会，看你做演讲、谈客户，我承认你虽然没正经上过商学院，但你的管理水平不低。"

我说："好吧。你愿意学，我就愿意教。"

后来，他做了半年多助理，慢慢地，很多事情都做得比我好了。

但你培养一个人没有那么容易，总得下到一线去工作去亲身体验才行。高高在上，是不能了解业务，也做不好领导的。

给他轮换了两个岗位，然后推荐去了其他部门，两年不到就成了一名销售总监。

他给我发过一个短信，大意是："入职的第一天，就是给你当助理，我学到了很多。但我还是得说，**总有一天我会比你更强大。**"

我回了一句："相信这一天不会太远。"

来吧，小子。世界虽然是你的，但叔叔们还没到退场的时候。

Part 2

当我们谈及梦想，很多时候我们并不知道梦想到底代表着什么：它不是时常挂在嘴边的说辞、心血来潮时的口号，更不是带着正能量的标签；它意味着执着的努力、涅槃后的重生、坚持的信仰和永远年轻的心态。

我们的忍耐和爱，要留给那些值得的人

文/马叛

今天谈谈工作。

我年少的时候，很容易被怂恿，很容易被老板、导演之类的人画的大饼诱惑。

比如："跟着我干，多久把你的小说拍成电影。""来杭州，我这里缺一个得力的策划人。""来上海，我们一起成立一个公司。"……

其实真相是，导演自己也不知道自己什么时候拍出新片；老板自己也不知道自己的公司还能支撑多久；合作伙伴需要你的帮忙，但同时他也对一群人说了同样的话。

你是他们的那根稻草没错，但这不是关键，关键是他们在水里。最后他们并不能帮你做什么，甚至可能把你一起拉进深潭。

还有些出版商，喜欢让你改稿子，改一百遍，其实他们自己也不知道他们想要什么稿子，他们只是觉得，改改可能会好些，可能会畅销罢了。

现在，我再也不会为任何人善意恶意的建议而改稿子了。

再也不会相信跟着谁混就能有出息了。

只能靠自己。

如标题所示，老板也好，导演也好，所有人会找你，是因为你本身存在价值，哪怕只是值得一骗的价值。

如果你一文不值，根本不会有人理你。

所以，找到了工作后，不必胆战心惊，不必小心翼翼，不必摧眉折腰。认真是有必要的，更重要的是，端正心态。

你做好你的工作，让公司发展得更好，就足够了。公司给你的钱，大致等于你赚了一千，分你五百。双方是平等合作关系。

只有足够重视自己，才会被人重视。

在让别人尊重你之前，要先尊重自己。

前阵子有句话说，当你一文不名的时候，要收起你的自尊心。

说这句话的人，该是多么不要脸。

无论到什么时候，自尊心都是第一位的，它比成功更重要。

一个不知廉耻的人，即便是成功了，也不会被尊重。

有时候看到新入职的职员被领导骂，不但唯唯诺诺不生气，事后还觉得自己被骂醒了，觉得领导骂他是为他好的时候，我心里是悲哀的。

如果一个人要靠被骂来进步，那也确实是轻贱到一定程度了。

同样，一个领导如果不能好好地指引下属，教导别人的方法是发火、骂人的话，这个领导也没什么真本事。

我们这一生很短，除了父母和恋人，没必要受任何人的窝囊气。

可能有人会说："万一领导骂我，我不服气，被开除了怎么办？"

被开除了，你就去找新工作，这个世界很大，不要把自己局限在一个小圈子里。

勇气有多大，世界就有多大。

我们的忍耐和爱，要留给那些值得的人。

我过去连父母的窝囊气都不愿意受，父母骂人，我就离家出走。老师骂人，我就退学。一意孤行到现在，再也没有人说我的不是。

有时候我会想，这是不是侥幸？

但转念一想，人生没有什么事情是必然的。既然未来是未知的，那么我们就可以按照我们想要的方式去生活、去拼搏。你忍了，未必能得到；不忍，也未必会失去。那还忍什么？

你所谓的稳定，不过是一种假象

文/简白

这次同学聚会，小A又没参加。

自打毕业后，年年不落同学聚会的他，后来几乎再没来过。

我私下里给他打电话，约他在上学时常去的那个小餐馆见面。他同意了，说好六点，却足足等了半个小时。不知为什么，看见他的第一眼，我忽然有一种奇怪的感觉，又说不出是一种什么感觉。

互相寒暄坐下，点了几样小菜，喝了几杯小酒，他的话渐渐地变得多了起来，我这才恍然，十几年过去，他看起来竟然还和高中那会儿没有什么区别，除了年龄，他仍旧穿一件皱巴巴的外套，聊着上学时玩的那几款网游，说着哪里能看见漂亮姑娘，结账时为了十几块的零头和老板讨价还价。

没有共同语言，聚会就显得有些百无聊赖。

熬到结束，我送他回家，临告别时，他拍了拍我的肩。

"我知道，我这几年混得不好！"

"什么？"我一时没有反应过来。

"我说，我混得不好！没有你们好！"

"同学之间，提这些干吗？"

我搜肠刮肚地想着应对的话，从嘴里挤出这么一句后，匆匆离开了。

我向来讨厌这样的对白，安慰显得敷衍，一同抱怨又略觉矫情。

回到家，我百思不得其解。

在上学的时候，小A其实是我们当中的佼佼者，我们在省重点高中的重点班，而他又是重点班里的重点学生，高考时上了一所几乎算是顶尖的学校。想着挥斥方遒，指点江山，可毕业后，别的同学一个一个混得有声有色，他却忽然销声匿迹了。听说当了选聘生，回了家乡做村干部。大约性格上并不很合适，在村子里上班，薪水又很有限……

我后来又见过他几次，无一例外，抱怨着他的工作，抱怨着自己混得不好、过得没意思，我问他有没有想过换一种生活，他点点头又摇摇头。

"每天都想，可是怎么换呢？毕竟这份工作很稳定，有保障。而且，像你们那么辛苦，恐怕我这个年纪已经吃不消了！"

我不再说什么，心里有一种隐隐约约的惋惜。作为旁观者，似乎更能比他看清症结所在。毕竟，从同一起跑线上起跑的人早已不在他的身边了。

小A的故事，让我想起了母亲的一个很传奇的朋友：他是个画画的，早年在工厂的电影院里画海报，写宣传告示。后来觉得这份工作不是自己想要的，辞了职，去了杭州。

当时，能在国营工厂里工作，简直是令人羡慕的事，那意味着铁饭碗，意味着一辈子的舒适和保障。因为辞职，全家人和他闹翻了，厂里大到领导、小到同事，甚至临时工都觉得他脑子有问题。

怎么会有人愿意放弃这样一份稳定的工作，去一个人生地不熟的地方，追求什么虚无缥缈的理想呢？他临走的时候劝说亲朋，工厂不是一个能够长待的地方，必须要有一技傍身，没有人信他的疯话。

十几年后，国营工厂纷纷倒闭，大家下了岗，一把年纪找工作处处碰壁。原本养尊处优、闲散惯了的人们，为了生计却不得不去开出租、当保安、做门卫。从前仰仗的所谓稳定一下子化为乌有，这才想起他十几年前说过的话：

"工厂不是一个能够长待的地方，必须要有一技傍身。"

而他拼了这些年，在当地早已是个小有名气的人物。

是他特别有远见，一早就看出国营工厂在改革之后必然倒闭吗？

我想，更有可能是他嗅到了这份稳定之下的危机——十年如一日在同样的岗位上做着同样一份不需要花什么精力，甚至没有什么技术含量的工作，哪怕你真的对这种生活毫无怨言、充满热情，可一旦遭遇危机，你又该怎么应对呢？人生不可能总是顺顺利利的，在这样的状态下，你已经失去了抵抗风险的能力。

你所谓的稳定，不过是一种假象，假象后面，才是真正的危机四伏。

我有时候特别想不明白，那些毕业于名牌大学、有很强的学习能力的人，为什么宁愿被困在一份自己并不喜欢、觉得没什么意义，甚至连薪水都十分有限的工作里呢？他们抱怨，他们茫然，可一旦你劝他们离开，他们又能找出种种理由告诉你这不现实。

"我过得安逸。"

"我过得稳定。"

"这里福利还是不错的！"

既然这么好，抱怨什么？

归根到底，好，不过是不离开的借口，而不离开只是缺乏离开的勇气。相比于对现状的不满，我们更怕的是一种不确定性，我们宁愿后悔当初的选择，抱着如果不怎么怎么样、就怎么怎么样的假设，却忘了，我们还有第二次选择的机会，第三次、第四次，什么时候开始都不晚。晚的，是总在原地踏步，裹足不前。

我能理解那些初出茅庐的毕业生，更愿意听从长辈的意见。

长辈们说去国企工作不会那么累，他们便满腔心思地想要进国企；长辈们说考公务员是一份铁饭碗，他们便纷纷拥入报考公务员的队伍当中；长辈们说，当老师不仅稳定还有假期，他们便动了当老师的念头。缺乏社会经验和工作经验，让他们选择了听从上一辈人的意见。

这样的听从本身并没有错。错误在于，当发现从事的工作并不是自己真正追求的时候，他们没有放弃这份工作再做尝试，只是给自己找了一个又一个借口，继续留在这样的工作当中。

他们忽略了，这早已是另一个时代。

一份稳定的工作不再只是意味着一家老小的温饱，早已解决温饱的我们想要追求的是更有价值感的人生，能带来尊严和意义的工作。用上一辈人的价值观指导这样的诉求怎么会得到好的结果？

更何况，在这瞬息万变的世界，未来并不能够预测。

我们很难预料，人们趋之若鹜的国企、央企，会不会成为十年后纷纷走向末路的国营工厂，带来另一批下岗潮？

当别人在外面为了自己的未来辛苦打拼的时候，依靠着父辈们荫蔽，在旧体系中安逸度日并不保险。人为地与这个社会的前进和变革脱节，一旦环境发生变化便很难适应，最终被时代抛弃。

人生如逆水行舟，不进则退。只有对自己不将就，自己才能变得更优秀。对生活不将就，生活才会给你丰厚的回报。

不要在奋斗的年纪选择了安逸。

多一点踏出去的勇气。

你原本可以过上更好的生活。

吃货国的"外国小公主"

文/Negar Kordi（兰兰）

我是"吃货小公主"，我爱中国美食。

我是一个伊朗加拿大混血的外国妹子，我在中国已经生活学习了五年。

现在的我，说汉语写汉字，像一个普通的中国人一样生活在这个伟大的国家。

作为外国人，我在中国能感受到很多差异，语言和文化的差异有时候会让我觉得非常困扰。

虽然我和中国人之间有着不同的文化背景和生活习惯，但是感谢上帝给了我们一样的舌头。

英国有时尚的人民，美国有现代化的建筑，法国有浪漫的品位，而中国有着让人震惊的美食。

我敬佩人类创造的伟大科技成就，但是我认为所有的伟大科技成就都比不上北京烤鸭，比不上西湖醋鱼，比不上臭豆腐，比不上回锅肉。

我非常向往去看看美国科罗拉多大峡谷，去看看神秘的金字塔，去看看里约热内卢的耶稣像，去看看柬埔寨的吴哥窟。但是如果现在有人可以给我一碗水蒸蛋、一份热干面或者一套煎饼果子，我觉得我可以瞬间忘记我想去的地方。

我崇拜解放了黑人的林肯总统，我崇拜聪明的爱因斯坦，我崇拜战无不胜的拿破仑·波拿巴，我崇拜慈祥的特瑞莎修女，但是如果一个中国的家庭主妇在半小时里做出糯米藕片、清蒸鲈鱼还有一碗热乎乎的番茄蛋汤，那么她就是我死心塌地去追随的偶像。

我对中国菜的热爱超过其他所有事。

中国人表达善意的方法，总是直接和挟裹着美味的——

"来我们这里玩吧，我带你去吃大麻花！"

"我带你去吃炒肝、驴打滚和煎饼果子。"

"我带你去吃板鸭、糖葫芦、臭豆腐。"

"我带你去吃早茶、地三鲜和虾饺。"

我的中国朋友们总是用最淳朴的方式来表达善意和热情。

我对这些善意和邀请总是没有任何抵抗力，然后我用增加十公斤体重的方式来表达了我的谢意。

我第一次吃到的中国菜是"左宗棠鸡"，这是中国城里的招牌菜。这道菜又辣又咸，却非常香。这道菜对外国人来说，就是正宗的神秘东方美食。

如果吃不到"左宗棠鸡"也没事，可以点一份陈皮鸡。陈皮鸡配上炒面，对外国人来说就像是中国人去必胜客里点一份牛排加比萨。

吃完后，中国城的餐馆里还会送上一份"幸运饼干"，这个饼干里有一张小字条。咬开饼干，拿出字条，字条里会有祝福和鼓励的文字。舌头获得了满足的人，心灵上也会得到一份安慰。这大概也是为什么这么多外国人喜欢中国菜的原因吧！中国菜里总是充满了浓浓的中国人情味。

来到中国后，我完全被四川菜、山东菜和东北菜征服了。

我从来没想过鱼、辣椒还有红油可以搭配得这么好。肉片在水里煮过，然后切得很薄，蘸上酱油就是一道美味。鸡肉和蘑菇加上粉丝一起在锅里炖，味道简直好得没得说。

美食的背后离不开厨师的努力。我一直相信喜爱美食的民族是善良开朗的。一个对吃都没有兴趣的民族是不会对生活充满热情的。

我要分享一个小故事。

故事很简单，也很平常——

一天晚上，我肚子很饿，于是决定出门找一些吃的。我在街上找了好久也没有看到一家正在营业的店。我心里有些着急，肚子开始咕咕叫。这时我突然看见一个老人骑着一辆三轮车，三轮车上有煮馄饨用的锅和一个神秘的类似抽屉一样的东西。老人一边骑车，一边叫卖："馄饨，大馄饨，一碗五块钱。"我很高兴，就拦下了老人，买了一碗馄饨。

老人一看是一个高鼻梁深眼睛的外国小姑娘要吃馄饨，也很高兴，就停下了三轮车。然后从车子上拿出一个可以折叠的小桌子，把桌子撑开放到地上。然后打开那个神秘的抽屉，抽屉里是摆放整齐的馄饨和调料。很快就把锅里的水烧开了，他把馄饨放进了锅里。不一会儿馄饨就浮在了水面上。老人把馄饨捞起来，放进一个碗里，然后麻利地加进了一些榨菜丝、肉丝、一小勺香油和盐，撒上胡椒粉和葱花。一碗热气腾腾的馄饨就摆放在了我的面前。

老人从头到尾没有说话，甚至都没有抬头看我。但是他在路边做馄饨的样子好看极了。他的脸部线条充满了东方人的特点，单眼皮的眼睛里闪烁着认真的光芒。他的背有一点点弯，他的手指很长很干净，手背上的皮肤有一点粗糙。他让我想起了很早就去世的爷爷。

爷爷在我小时候每天都会为我做一个三明治，里面会加进去许多生菜、奶酪片和番茄酱。我每天总是盼望着爷爷的三明治。后来爷爷去世了，我也吃了很多三明治，但是再也没有一个三明治的味道和爷爷做的一样。

老人做好了馄饨后就把馄饨摆在了桌子上，然后好奇地看着我。他好像也不会说普通话，用不知道什么地方的方言告诉我可以吃了。我狼吞虎咽地吃起来，连汤都喝得一点不剩。我满足地摸了摸圆滚滚的肚子，准备付钱给老人。老人看看我，摆摆手，表示不要钱。老人用浓重的方言口音告诉我："刚才是准备回家休息了，今天最后一笔生意不收钱。"老人把我拿着钱的手推了回去。我不愿意这样占一个辛苦的老人的便宜，我坚持要给他钱。他微笑地看着我，摆摆手说："最后一碗馄饨是不能收钱的，这是我这么多年的规矩，做一件能做的善事。"

我傻傻地站在那里，看着他不紧不慢地收拾起桌子和碗。我觉得非常不好意思，于是就帮着老人把东西一起收拾好。老人感激地看了看我，骑上他的三轮车，对我挥挥手表示再见，然后慢慢地骑远了。

那是一碗和爷爷的三明治的味道一样好的馄饨。

很多人问我为什么要在中国待这么久。

除了美食，我认为最吸引我的是中国人生活的态度。对吃有着强烈兴趣的中国人是很可爱和善良的。现在一些国家的人认为中国崛起后是对世界的一个威胁。其实我真的很不同意这种说法。因为中国人总是喜欢在自己的厨房里研究各种美食，朋友之间谈论最多的话题也是吃。吃是中国人的生活中很重要的一部分，我没有见过任何一个说自己不喜欢吃的中国人。中国人总是因为吃到了好吃的东西就可以快乐一整天。这样可爱的民族怎么可能对世界是个威胁呢？

我和中国美食的故事一直还在继续，我觉得这就是我和中国的一种联系。我很享受这种联系和体验。

我希望我可以吃到更多的美食，了解更多的中国美食背后的故事。

刚来中国的时候，看到中国人对外国人表现出的巨大热情和善意，我对此感到印象深刻。

为了更好地学习汉语，我开始接触中国的互联网。刚开始因为汉语水平还不够好，于是我不得不先拍摄一些简单的视频来记录我的生活。我把在中国的生活通过视频记录下来，其中有我在中国各地旅游时拍的，吃中国美食的体验和翻唱中国的歌曲。

慢慢地，我收到了很多的留言和评论。留言和评论里的人们总是不厌其烦地推荐很多好吃的东西、好玩的地方和好听的歌曲。我尝试了他们的建议，获得了很好的体验。我和中国人的互动总是很开心的，我也很愿意去分享自己的看法和体验。这让我觉得能更深入地了解这个国家。

但是网络总是复杂的，有友好的人也会有不友好的人。我来自一个移民国家，因为我拥有双国籍，而中国人对双国籍的概念不熟悉，所以很多人会对我一会儿自称加拿大人，一会儿自称伊朗人感到困惑。很多人甚至开始质疑我的真实性。随着我网络粉丝数量的慢慢增长，不少人对这个事情越来越在意和关注。一些人开始对我骂骂咧咧的，甚至很多人因为我的伊朗血统而嘲笑我。

对此，我感到困惑不解。

我不知道为什么会有这么多陌生人质疑我的宗教信仰和国籍，这些原本就不是他们需要知道或者值得他们花时间去关心的事情。我一直沉默着不去回应这些不断提出的疑问和质疑。终于，一些网友们失去了耐心和理智。我的信息被不断地大量曝光，甚至很多有网友通过我的Facebook的账号找到了我的朋友和父母。很多人开始给我的父母留言，这些留言里充满了不友善的话语。这也严重地影响到了我的父母，他们也对此感到非常困扰。

我一直在思考，为什么网络里会有这么多不和谐的声音。

我在生活里遇见的中国人总是害羞和友好的。他们会很好奇地看着一个长相不一样、肤色不一样的外国人走在街上。但是我能看出来他们的眼神里有一种孩子一般的好奇和单纯。这种眼神很难形容，但是不会让人感到害怕和不舒服。

我去过很多不同的国家，人们对外国人特别是不一样种族的人因为好奇，也会盯着打量。但是他们看人的眼神和中国人不一样，他们的眼神里会有令人不安的因素。

当我在中国的互联网上遭遇了这些之后，我开始一遍一遍地问自己，是不是因为不了解中国风俗、文化背景而让中国人觉得不舒服。我那个时候开始陷入了迷茫和不解。

在我最困难的时候，帮助我离开困境的是我身边的中国朋友和网络上的友好的陌生人。

有一天，我收到了一封私信。大概意思就是一个男孩在医院的走廊里等待在ICU病房里治疗的母亲。他的心情很难过，他一边担心一边看手机打发时间。他无意中看到了我的一个分享中国美食的视频。他突然觉得，原来世界上还有这么多人可以用不同的视角去看待早就熟悉了的世界。他在那短短的几分钟里，忘记了担忧和烦恼，心情也好了不少。于是他给我发了私信。

我看完这封信感到无比的感动。我不知道原来我无意中做的一个小小的视频可以给一个远方的陌生人带来这么大的力量。我也突然明白了很多事。我不应该太在意一些负面的和没有根据的指责。那只是很少的一部分人。也许我的行为会给某个地方的一个陌生人带去一点点的快乐，会给他的生活带去一点点的不一样。想到这些，我为自己感到自豪。

小时候，我一直希望可以变成一个可以帮助别人的人。没想到在中国的互联网里，我无意中就帮助到了一个从来不认识的人。这让我感受到了中国互联网的巨大作用，同时也给了我很多灵感。我开始更加愿意从不同的角度去分享我对生活的看法和体会。

越来越多的中国朋友们开始理解我、认可我。他们总是会给我很多鼓励和赞美，同时也会给我很大帮助和支持。我也慢慢地懂得了一个道理：**无论是喜欢我的，还是讨厌我的人，都是我的老师。他们从**

不同的方面教会了我如何去理解这个世界，如何去理解生活。这些才是我最大的财富和收获。

    有一天，我接到一个电话。我被邀请去电视台参加一个节目。那是我第一次被邀请去电视台，我很紧张，犹豫着要不要去参加。可是当我听说我最喜欢的相声大师也会去的时候，我马上就答应。我心里开心极了，因为他是我来中国后第一个认识的演员。我学习汉语的时候听了大量他的相声。我从来没有想过有一天我可以见到他。那天晚上我激动得根本睡不着，心里只想着和他见面的那一天。

    没过几天，我顺利地到达了电视台。节目的录制很快就开始了，我站在舞台上，看着相声大师站在我身边主持着节目。我甚至可以清晰地看到他的头发。他的头发短短的，可爱极了。他的脸圆圆的，眼睛里好像藏了很多的幽默和故事。

    舞台的灯开始暗了，相声大师站在了我的身边。这时聚光灯打在了一个嘉宾的身上。那个嘉宾正在说着话。我这时终于压制不住内心的激动了。我鼓起勇气对相声大师说："你好，×老师。我很喜欢你，你等会儿可以和我合影吗？"相声大师回过头，看着我这张不一样的外国面孔。他的眼神有一点吃惊。他愣了一会儿，然后笑着说："好，等录制结束了，你来找我合影。"他笑眯眯地看着我，脸上的神情很慈祥。

    节目终于录完了，走下舞台的时候，我找了一圈也没有找到相声大师。我心里有点着急，我找到现场导演。导演犹豫了半天告诉了我相声大师的化妆室。导演好心地提醒我说："在中国，有些事是大家客气话，不要太当真哦。"可是我的偶像相声大师在舞台上的那个表情和样子明明很让人当真呀！

我决定亲自去找他。

我顺着导演告诉我的路线，找了十分钟，终于找到了化妆室的大门。

出现在我眼前的是两个一模一样的关着门的化妆室。我思考了一会儿，咚咚咚地敲开了右边的门。开门的人是一个光头的中年人。我认出了他是录制节目时的一个主持人之一。他很疑惑地看着我，问道："你找谁？"我仔细看了他半天，发现他不是我要找的人，于是我说："对不起，先生，我不是找您。"这个中年人哈哈一笑，说："明白了，你是找里面那个人吧？"我顺着他的手指往里面一看，见到了一个漂亮的年轻女孩正在认真地化妆。我皱了皱眉头，说："我找×先生。""他在隔壁。"中年人笑着说。

我感谢了这个好心随和的中年人，走到了隔壁的门前。后来我才知道，给我指路的这个中年人是中国最著名的情感节目主持人。在化妆室里认真化妆的女孩是《煎饼侠》的女主角。现在想起来，我应该也找他们合张影。

我敲开了隔壁的门，开门的是两个身高大约一米九的男人。他们低着头看我，声音粗粗地问道："你找谁？有什么事吗？"他们的样子让我想起了《阿里巴巴和四十大盗》里守卫王宫的士兵。

我抬头看着他们："我找×先生，他答应要和我合影的。我是他的粉丝。"

这时，里面响起一个声音："进来吧，小姑娘。咱们两个合影。"

门口的两个人让出了一条路，我走进了房间。

我看到了我的偶像笑眯眯地站在面前，激动得说不出话来。

我拿出照相机，愉快地和他拍了几张照片。他一直笑眯眯地看着我，随和极了。

临走的时候，我握了握他的手。他一直笑着和我说再见。

这就是我的故事。我的生活里遇到了很多人。可能一些人并不让人感到愉快，可是当更多的陌生人甚至名人也愿意释放出善意的时候，生活真的会变得很不一样。

大多数的中国人总是友善热情的。这让我在中国的生活变得快乐和顺利。

我很希望，有一天我也可以让更多的中国人感受到来自我的友好，让更多人像那个站在走廊里的男孩一样，可以在最困难的时候也能笑出来。

感激贵人之前，请先谢谢你自己

文/八命先生

虽然千里马常有，但伯乐不常有。可我还是要告诉你，在草根频出的当下，不要妄自菲薄。被伯乐赏识的前提，当然是你本身就是一匹千里马。所以，感激贵人是应该的，但你更得谢谢自己。

真正成全你的，最终还是你自己。

某一天下午，我正昏昏沉沉地上着课，突然收到王小秃发来的微信。

"老八，我跟你讲，我给你寄过去样书了，太不容易了！"

我恭喜王小秃，这姑娘终于有了出头的一天。

她却跟我说："太开心了，真是谢谢我的编辑挑中了我呢！"

虽然我知道王小秃能够出书离不开她的编辑，但我清楚更重要的是她的才华和坚持。

知道王小秃这个人是在三个月前，但她认识我也就一个月的时间。那个时候，我刚刚开始写文章，作为一个初入网络文学圈的新手，我每天都会花大量时间去阅读喜欢的作者写的文字。

其中就有王小秃，她的文章不是很水的鸡汤，也不是大肆毒舌的试水文，而是那种很有温度很有腔调的短篇。好喜欢她啊！由于好奇心的驱使，我去关注她的微博和公众号，读遍了她所有的文章，那时候我才知道她和我同岁。

大概一个月前，我被关系很好的编辑拉进了某个作者群，惊喜地发现王小秃也在里面，迫不及待地加了她的微信，和她聊天。

王小秃和我很投缘，有种一见如故的感觉。她的性格极好，我们聊了很多，当然也包括她即将出版的新书。

作为一个勤勉的自媒体运营者，王小秃每天更文每天投稿，有的时候要熬夜到深夜一两点钟。我总是以为自己多么勤劳，跟王小秃认识久了，我才知道"天道酬勤"可不是个胡编乱造的成语。

王小秃是个很懂得感恩的姑娘。她常说自己赶上了互联网+的好时代，特别感激自己的编辑。瞧吧，直到样书出来了，她都会觉得很大一部分成就是属于她的贵人的。

王小秃哪儿都好，就是把别人的赏识看得太重要了。她感激每一个机会，却不留意每一个机会都离不开自己的千辛万苦。可是编辑一直在，就算没有王小秃，也还是会有王大秃，或者王小小秃的呀。

要知道，天底下就这么一个勤劳又有才华的王小秃呀！

我有个小姨在北京工作，生活过得很滋润。努力十年，挣来两套房一辆车，今年刚刚还清了所有的贷款。

其实她不小了，已经三十七周岁了。我还记得小学时参加小姨婚礼的场景，当时还感慨，结了婚就再也没有人带着我逛街、吃肯德基了。

后来我才知道，那些终成眷侣、白头偕老的人，光是有情是不够的，生活上有太多细小琐碎的事情阻碍着他们。

一年之后，小姨离婚了，孤身一人去了北京闯荡。

十年后的今天，她拥有一份高薪而稳定的工作，过着相对轻松而安稳的生活，有着彼此适合的爱人。

家里很多人都把小姨的成功与幸福归结为遇见了贵人，也就是她的闺蜜张旭阿姨。当年小姨初到北京生活，没有稳定的收入，在一家不起眼的公司里做销售。后来因为工作的原因认识了张旭阿姨，她欣赏小姨的果敢，小姨也和她脾气相投，两人就成了好闺蜜。

再后来的几年，小姨慢慢有了高薪酬的工作，已经差不多可以负担得起五环附近的房子的首付了。她决定买房，钱不太够，张旭阿姨把所有的差额都替她补上。

后来房子安置好了，小姨觉得两室一厅一个人住着很浪费，张旭阿姨又主动提出把房子租出去的建议，邀请小姨搬到自己家里来住。

当然，还有很多小事情，比如我舅姥爷生病了，小姨出差回不了家。张旭阿姨立刻请假回小姨家，替她照顾了舅姥爷整整一周。比如我们家亲戚去了北京，小姨家住不下，也都是去张旭阿姨家蹭床位。

所以，我听到了很多人跟小姨说，张旭对你可真好啊，好好珍惜这个贵人。

可事实上，这本来不就是一件相互的事情吗？谁也不会无缘无故地对你好啊。

她帮你，自然是因为你真诚，因为你善良，因为你可靠啊！

　这个月，我在准备参加省里的"创青春"大赛，所以更新文章和手绘教程都很慢。

当我得到参赛资格的时候，我更多感受到的是沉甸甸的责任感。而周围的人都在跟我说，你们带队老师对你真好，各方面帮扶你。

坦白讲，听到这句话我挺无语的。因为你要知道即使有一个再厉害的指导老师，没有一个值得信任和较高能力的团队也是白搭不是吗？比赛的成功当然需要一个好的"伯乐"，但几匹优秀的"千里马"也很重要。

半年前，我开始在网络上推送自己的手绘教程。当时只是觉得很有趣，又能够帮到别人，完全没想到后来会有很多编辑专门问我愿不愿意出一本给初学者的手绘教程。

我舍友激动地说："居然有编辑这样赏识你，有钱了赶紧请吃饭。"其实，我也挺高兴的，刚几天就有出版社愿意合作，真的是天上掉馅饼。

后来我找了微博、公众号、豆瓣等各种地方，发现做手绘教程的有，但是简单生动适合初学者学习的真不多。所以，也就没有觉得，自己有像中了彩票一样幸运了。因为每一版教程我都花费了三个小时以上的心血。我要选素材，要边画图边拍照，之后还要修图、码步骤。

也正因为如此，我才更加坚信，你的每一次努力都是为了早一些得到"贵人"的帮助。你以为所有的幸运都是突如其来的吗?

才不是,归根结底,还是因为你自己不断努力和提升,最终才配得上那个赏识你的"贵人"。

我听过好多姑娘跟我说:"我太平凡了,我觉得自己哪儿都不突出。所以每一次幸运降临的时候,我都觉得天上掉下来了大馅儿饼。"可是亲爱的,哪里有什么天生幸运,还不是因为你的努力打动了别人!

我们确实应该感激贵人,感谢每一个机会;但是我想告诉你,请你自信一点,没有人愿意给一个无德无能的人任何机会。在每一次成功之前,只有你自己清楚到底付出过怎样的艰辛。

我总是固执地相信一句话:"你若精彩,天自安排。"

最好的善良，就是敢于做自己

文/随风

　　善良这个词，最近似乎充满了浓浓的无奈。它总是会在发生了某些事情之后被提起来，与伦理道德联系在一起，什么"世风日下、人心不古"，人们天天抱怨这个世界已经不如以前单纯了，让人心寒，虽然足够冠冕堂皇，但难免还是会让人觉得不耐烦。也有人说现在世道就是如此，能够自我保全就已经很好，善良又值多少钱呢？

　　说实话，我也算不来善良是多少钱一斤的，但能够看到，其实善良只是被隐藏了起来，而不是逐渐被世俗削平。

　　认识一个男生，权且称呼他为阿路吧。阿路现在是某大学的大四学生，已经在一家待遇不错的外企实习，他的能力不错，有领导赏识，可以说是前途一片光明。大多数还在烦恼自己的前途在哪儿的人可能会以为，他就快走上人生巅峰了吧。但是他在微博上找到了我，倾诉他最近的烦恼。

阿路的工作是跟外贸有关的，平时出去跟客户吃饭自然少不了。不过阿路年轻豪爽，算是他们部门的酒量担当，领导们爱带他出去的同时，他自己也挺享受这样的生活的。问题出在跟他一个部门的一位姑娘Coco身上。

Coco长得漂亮，又是正儿八经的专业出身，如果她的性格不是那么腼腆的话，绝对会是他们部门的一把好手。由于Coco的专业性不容置疑，她做出来的很多方案都会得到客户的喜爱，哪怕她不太擅长与人交流，但真到了要跟客户吃饭的时候，她还是会梗着脖子上的。

这样勤奋努力的姑娘没有人会不喜欢，阿路也有那么一点儿意思，但是一直没好意思表白，不过对Coco的关注自然而然地就多了一些。如果需要应对相同的客户时，阿路看到Coco不胜酒力了，就会帮忙挡一下酒，顺便在她面前刷刷存在感。

有一回，他们与公司的几个大客户一起吃饭，也许是酒喝得有点多了，一位腆着啤酒肚的中年男人忍不住要对Coco动手动脚，Coco平时温柔腼腆，更忍受不了这样的行为，直接噌的一下站了起来，所有人的目光都集中到了Coco身上，气氛顿时尴尬了起来。如果是长袖善舞的姑娘，指不定能够用什么样的理由把客户安抚住，既让对方知道自己不是那样的人，又能够让双方的面子上都过得去。但很明显，社交方面的问题，Coco基本上是部门里最差的。

"总监，他刚刚……刚刚……"Coco的眼睛一下子就红了，对部门的总监哭诉，可是话却说不出来。

总监的脸色很是难看，在一些人或戏谑或隐晦的眼神中，对Coco说："好了，你也喝了不少酒，先回去吧。"

Coco不可思议地瞪大眼睛，在她的印象中，这个部门的气氛很好，总监向来不喜欢摆架子，很是爱护他们。但是现在这种态度，很明显是想大事化小、小事化了了。看到没有人愿意为自己说一句公道话，她气愤地离开了。

一开始的时候，阿路本来是想站出来说点什么的，但是连坐得离Coco最近的总监明显知道发生了什么事情却要息事宁人，他也就不便强出头了。

他有些愤愤不平地问我："我没想到社会上真的会发生这样的事情，明明总监什么都看见了，为什么不愿意管呢？这样的行为太让人心寒了，而且Coco走了之后，他还对那个客户赔笑，说是下面的人业务不熟练，见笑了。谁的业务熟练是看这个的？"

我思考了一会儿，才回答他："你认为你们总监的行为过分，这没错，让谁来点评都会这么认为。但是当时的你同样也看到了那个姑娘受委屈，为什么你选择了沉默呢？"

阿路很久没有回信息，就在我以为他已经走了的时候，他又突然说："因为总监离她最近，职位又最高，说出来的话肯定是最有分量的，连他都不说，我说又有什么用呢？只会被他们讨厌，但是我是很想帮她的。"

是的，我能够感受到阿路的诚意，如果没有诚意，就不会因为这样一件事情苦恼很久了，于是我告诉阿路："其实发生这样的事情，最为难的就是总监了。他需要平衡好下属与客户之间的关系，之前你也已经说了，那是你们公司的大客户，他是最不好直接出面的那个人，但是如果Coco坚持一下，或者是你们同事中有人站起来帮她说话，你们总监也会好做很多，至少没理的是对方。可是并没有人站起来声援一下这位姑娘。

"你说你们总监平时为人很好，我相信这也是真的，只是当时他的立场太过尴尬，用另外一种角度来考虑，其实他跟你们一样，有太多顾虑。你在担心你的前途，这本来没错，可是你却担心错了方向，一个正常的公司不会因为职员接受不了'潜规则'而让他走人。大多数时候，是因为敢于捍卫的人太少，这样的事情才会屡屡发生。"

阿路有些惭愧，在知道这件事并不会伤害到自己，而自己却袖手旁观的时候，大部分人都会产生这样的情绪，他甚至有点儿不知道该怎么去面对Coco。我继续回复："其实没有那么复杂，该道歉的时候道歉，该做自己的时候做自己，这个世界会少很多误会。"

受了鼓舞之后，阿路一鼓作气地找到了Coco，跟她道歉。而Coco也笑着跟他说："这没有什么，人之常情。反倒是我自己，如果勇敢一点，也不会变得那么狼狈了。"

在那一次的饭局之后，那位总监就找了Coco聊天，解释那天的误会，那时候的Coco只会委屈，不敢说别的话，作为总监也只能打圆场。但如果那时候Coco勇敢一点，就算是直接泼那位客户一杯酒也好，这样他人才有介入的理由——有些事情，Coco本人做起来要比总监做合适得多。

再后来，阿路给我发了一条喜讯，说是他跟Coco在一起了。他说："谢谢你。每次做事的时候，我总会想起你说的那句'勇敢一点没什么，至少不会有什么损失'，发现原本有很多顾虑的事情都做成功了。"

其实不只是阿路，太多的人因为瞻前顾后而迷失了自我。

"键盘侠"这个词也已经火了挺长一段时间。网络上从"键盘侠"指责普通人的无动于衷，再到普通人朝着"键盘侠"们开火，认为他们站着说话不腰疼，一直纷纷攘攘，莫衷一是。

争吵未必能够寻找到出路，最多只能将本来就有些浑浊的水搅得更浑浊。我也不认为人性本恶，就像阿路一样，大多数人都有正确的是非观，至少让这些普通人去判断事情的对错，大部分人都知道孰对孰错。

可是，为什么在发生紧急情况需要别人的帮助时，大部分人都选择了袖手旁观呢？不过是因为顾虑太多，想要参照的东西太多，到最后便什么都做不了了。没有该出手时就出手的普通人是不知道什么是对错吗？明显不是。被认为"站着说话不腰疼"的键盘侠们是站在道德制高点上制裁别人吗？也未必如此，他们只是说出一种在理想情况下的判断而已。

很多人都是站在同一道德水平线上判断事情的，不是因为英雄比你更高尚，而是因为比你更勇敢。

有那么一段时间，我也喜欢在做事时参照别人的行为。比如上学的时候，老师布置的作业太多没做完，我会忍不住问一下学霸："你做完作业了吗？"

如果他的回答也是没有，那我就能把心放回肚子里了。接下来的时间，哪怕还可以赶一会儿作业，我也不愿意做了。这是大部分学生都会有的心理：反正学霸也没做，学渣肯定也不会做了，到时候老师问起来大家都没做，根本不用着急，老师肯定会另外找时间让我们做的。

我们会觉得，循着别人的做法才不会出错，但是如果你遵循的那个人也错了呢？至少在做自己的时候，我们有机会犯错，但也有机会去做正确的事情。

我们的善良只是被隐藏在了一个名叫"人际关系"的大网里，我们努力地编织着这张网，害怕不合群，害怕所有不稳定的因素，原本正确的人生观、价值观也在融合中逐渐模糊。一旦发生了什么事情，我们就面面相觑，期待有一个领头人的存在。如果没有，就开始寸步难行，然后事后懊悔，为什么就没有人愿意站出来呢？为什么我没有站出来呢？

但是我想，人际关系的初衷并不是让你忘记本心。我所说的善良，也不是圣母心，而是有做自己的勇气，永远不要因为那些穿心掠肺的目光，因为那些飞短流长的流言而忘记了自己是谁。

亲爱的朋友，你可以流俗，但千万不要迷失。

别人的坏不能成为你堕落的理由

文/艾梦梦

前段时间，和一群朋友吃饭，本来还算拘谨的几个人，在酒精的作用下变得热络起来。有人不经意挑起了"你有没有被人背叛和伤害过"这个话题。

除了我之外，在场的还有两男两女。本来喝得醉醺醺的了，听到这个话题却突然变得兴奋起来，精神得不得了。

有一个长得又圆又胖的男生，我们都叫他圆仔。这个话题让圆仔很动容，他红着眼眶说："其实我以前并没有这么胖，上大学那会儿，喜欢一个女生，为了她我什么都做过。我为她记各科笔记，每天都帮她打饭打水，并送到她的宿舍楼下。后来我们在一起了，不管多晚、什么时间、在什么地方，只要她给我发短信或打电话，我都会第一时间赶到她的面前。我以为我们会一直在一起，结果有一天中午，我在学校旁边的小旅馆门口撞到了她和另一个男生，他们手拉着手，有说有笑。见到我，她什么都没有说，就那样走了。我像个白痴一样杵在那里，半天都没有反应过来。后来我问她为什么要那样对我，我究竟做错了什么。她指了指我身体下部，说：'你那方面不强啊。'"

分手的理由千千万，但因为这样的理由劈腿和分手是很让人羞于提起的，能说出这种理由的人，在这段感情里，也并没有尊重对方，甚至在其心里连路人甲的位置都不曾拥有。圆仔在这种场合里借着醉意说出来，可见他是真的很难受，也憋了太久。

本来还笑嘻嘻的几个人没有人再笑得出来了，我们拍了拍他的肩膀，安慰他："她配不上你，早点分开，对你和她都是好事儿。"

"对啊，这样才能给其他好姑娘让路。"另一个男生西子也表示赞同。

"那当时你说了什么？"花花眨着眼睛问道。

"我只说了一句，恭喜你自由了，就走了。其实……我们根本没有在一起过，何来行不行一说。"圆仔苦笑道。

小月动情地看着圆仔："你是个好人。"

圆仔无奈地笑了笑："喝酒。"

然后小月讲起了她的故事："我和男友是异地恋，我一直都很相信他，从不过分打扰他，结果有一年临近我生日的时候，本来想和他讨论一下要不要一起聚聚，结果他告诉我'我有女朋友了'。当时我就蒙了，他都没和我说分手，就说他有女朋友了，那我是他的什么？"

"这也太不要脸了吧了？"花花义愤填膺地说。

"当时我真想跑到他的公司大闹，当着他所有同事的面质问他这一切是为什么，让他颜面扫地，再也没办法抬头做人。但是，我没有，因为想到我和他曾经相爱过，即便他很过分，我也不想对他赶尽杀绝。"

"小月姐你好能忍。"花花眨着纯洁的大眼睛。

我打趣道："你俩这属于同病相怜呀，要不要干一杯。"

结果他俩一人赏了我一个大白眼。

回去的时候我在想，如果我是圆仔，我会怎么做呢？我是一个自尊心很强的人，如果女朋友的分手理由是那个的话，我会特别愤怒。然后会有很长一段时间萎靡不振，感觉整个人生都是昏暗的，甚至我会堕落。虽然以后肯定会过去，会重新走出来开始新的生活，但那段堕落的时光肯定不会太短。并且，以后想起来肯定还会心有余悸。并不是做不到不能毫无顾忌地去生活，只是心智会沉在过去，陷在回忆里，不由自主。

我在微信上问圆仔："你之前的女朋友那样说了你，感觉你除了难过和伤心之外，并没有什么其他的反应啊。该吃吃该喝喝，生活一点儿也没有受影响的样子。"

圆仔说："有用吗？她用那么坏的理由刺激我，无非就是不喜欢我了，我干吗还死拽着不放呢？我的生活是自己的，我还有动漫没有看，很多地方没有去，还有很多好吃的没有吃……还有好多好多没有经历的东西，我为什么要因为一个已经和我毫无关系的人而不好好生活，自甘堕落呢？"

花花也有一段类似的经历。大学的时候，她和同学一起合伙开格子铺，结果生意火起来后，对方把她投的钱还给了她，一分利息都没给，就单方面宣布合作终止。花花也没有多做什么，她知道在利益面前，某些人是毫无道德感可言的，拿回钱后就没有再与之来往，就当买个教训。

其实，类似的事情和经历每个人都能遇到，在我们漫长的一生中，我们总会在某一个阶段和背叛以及伤害打交道。这是难以避免的事情。只是有的人走了出来，有的人却陷在了里面，越陷越深。

高中的时候，住我家旁边的一个姑娘因为遇人不淑被欺骗了感情，就开始变得堕落起来，经常混迹于夜场和街头小帮派，隔三岔五地就往家里带不同的男人。过了两年，我妈在电话里说，她好像因为贩毒被抓起来了，判了好几年。

我还有一个大学同学，因为贪小便宜被骗了好几千块，便如法炮制去骗别人，结果一发不可收拾，骗上了瘾，大学还没毕业，就因为诈骗罪锒铛入狱。

小的时候，我们被大一些的孩子骗去了手里的糖果；进入青春时代，我们真挚对待的感情会因为欺骗而突然夭折；进入社会后，我们会被社会的各种阴暗面或者职场的尔虞我诈搅得手足无措。这些都是正常的，在社会上的每一个人都曾有过相似的经历，或多或少都被人欺骗或者背叛过，但这并不是我们报复或者把仇恨转嫁给其他人的理由。毕竟，我们活着不是为了成为他们那样的人。

区别在于，有人受过伤害、见过人性的丑恶后，多了一份聪明，却依然善良，没有戾气；而有的人被人伤害过，就觉得这个世界很肮脏，装纯洁给谁看，马上学会了别人的坏，开始自甘堕落。

虽然伤害和背叛是生活中难以避免的事情，但并不能让人做到无动于衷并且忘记，我也不主张这种有点逆来顺受的价值观。被伤害和背叛过的人，心里都清楚，那种感觉堪比吃了一根银针，从喉咙一直插到了肠子里。面对这种情况，我们可以选择原谅，也可以选择不原谅，让对方从此远离自己的生活。但**绝不能因为别人的坏，把自己也弄得乌七八糟。**

别人坏是因为别人的道德感不够强，是因为别人不知道善良的珍贵。俗话说，**善良比聪明更难，因为聪明是一种天赋，而善良是一种选择。只是更难的，是聪明而善良。**

如果我们能把别人的坏，当作让自己变聪明的契机，让自己变得既聪明又善良，没有害人之心，却有防人之心的人，那么也算没有白受苦。

总之，无论选择什么，都要对得起自己，别人用污浊浸染我们，我们不能因此污浊，这样是虐待自己，也是对自己不负责。

正因为见过黑暗有多黑，才知道光明有多可贵；正因为知道被人戕害有多痛苦，才知道善良待人有多重要，正因为别人对我们使坏，我们更应该活得阳光善良，不愧对本心。

不要刻意证明你可以过得很好

文/艾梦梦

不知什么时候开始，朋友圈变成了炫耀生活的地方，有钱的晒包晒车，爱吃的晒龙虾晒烤肉，有对象的晒对象，做微商的晒产品晒顾客反馈，到处玩的晒各种自拍……每次打开朋友圈，都觉得热闹非凡，仿佛所有人的生活都那么精彩纷呈，世界大同。

不过也有例外，我朋友圈里有一个文艺女青年，叫一璟，以前喜欢玩微博，很少在朋友圈里发动态。最近却把精力转到了朋友圈，开始在朋友圈晒各种东西，一天还发四五条。

不是晒在游戏里得到的高分，就是晒哪个稿子过了出版社或杂志的终审，或是晒和同事一起出去看话剧的票根，甚至还晒搞笑的日常。给人的感觉，不管身边发生了什么事，都会拿出来晒。

例如："例会上，冬冬说：'那天晚上那个谁说他想杀人了，我问Lee有没有合适的群，Lee说没有，就没让他加上。'老板说：'你以后把话说全了，那叫玩杀人游戏，你可真是要么不说话，一说话就语不惊人死不休。'我也搭腔道：'你说第一句话的时候把我吓出了一身冷汗，当时我就在想，谁，谁要杀人，谁要杀谁，谁要报复社会，我要不要报警……'"

我们共同的好友都觉得一璟的"画风"变了，一下从高冷的文艺女青年变成了欢脱的"二傻子"，纷纷给她留言以弄清所以。

朋友A："你最近发朋友圈的频率好频繁呀！看得我眼花缭乱的！"

朋友B："以前是十天半个月看不见你的动静，以为你把我屏蔽了，现在每天都看你刷屏，大姐受什么刺激了？"

朋友C："你还是我认识的那个一璟吗？感觉哪儿不对啊！"

诸如此类的留言数不胜数。我没有留言，只是偶然在一次和她聊天的过程中，半开玩笑地问道："一璟，你以前不是最爱说如人饮水，冷暖自知吗？最近怎么变成动态狂魔了呢？"

隔了好久，她才回复我："我和小伟分手了，我想让他知道，没有他我也可以活得很好！"

我愕然，又是一出"没有了你，我依旧会过得很好。不信的话，你看我朋友圈"的戏码。何苦呢，既然结束就彻底结束吧，如果还有牵挂，想挽回就去和他说，在朋友圈自己硌硬着唱独角戏有什么意思呢？那个人不会看到，也不会看，自始至终你都是一个人在舞蹈。

小伟是一璟的男朋友，两个人从大三到毕业两年一直分分合合，却从来没有真正断过。小伟比一璟小一点，所以心性不定，一璟一直像一个大姐姐一样迁就着他。两个人分分合合无数次，每次都是小伟求复合，这次却彻底分开了。小伟找了一个年纪小又单纯的女生，和一璟说:"我们好聚好散,不要再纠缠我了。"

就因为小伟的这句话,自尊心强的一璟果然没有再和小伟说过半句话。她认真工作,并且开始重拾大学时的爱好,写东西,出去旅行,去那些曾经一直想去却没有时间去的地方,还看了很多书,丰富自己的精神世界,改变说话的方式。

只是这并不代表她放下了,她这么频频地发朋友圈,说到底还是希望离开的小伟能看到:不是离开你,我就没有办法活。虽然她总是在我们面前说:"我早就已经放下了,我已经把和他有关的一切都从我心里赶了出去。"

可是这种行为,不就是证明她还在意着那个离开的人吗?

真正的过得很好,不是在各种地方到处秀,而是内心恬静,日子安稳,脑海里有很多丰富的东西。经常在社交平台上秀的人大多其实过得并不开心,才会选择在虚拟的世界里找存在感。但这貌似并不是一个解决问题的方法,身边的朋友的经验告诉我,沉迷于虚拟的社交平台,只会适得其反。真正解决问题的办法是直接面对,而不是逃避。逃避永远解决不了问题,勇敢面对问题,哪怕结果不遂人意,但也总比一直横亘在心里好。早点解决问题,才能更好地开始下个阶段的生活,或者遇到更好的人。你那么好,别人不识趣,你又何必还念念不忘呢?

世间很多事都不能太刻意,因为过犹不及,欲盖弥彰。疯狂地刷存在感这种行为不但不能证明你活得很好,反而会让其他人觉得你莫名其妙,而离开你的那个人,根本不会关心你是死是活,是不是鸡飞狗跳。他早已将你抛到了九霄云外。

在朋友圈刷存在感，想证明自己过得很好的人，打开微信就能看到。有的是因为虚荣，希望朋友圈里的人都知道自己现在混得很好；有的是因为渴望被关注，希望自己发一个动态就一呼百应，有一群赞；有的是因为不甘心，希望那个离开的人看得到没有他也可以过得很好。

我其实挺想问一句，这样不累吗？我看着都累呢，世界那么美好，阳光那么灿烂，云儿那么白，天那么蓝，为什么要把价值观体现在虚拟的网络上、别人的一个赞和一句评论上呢？难道除了刷朋友圈，就没有别的能让自己开心的事情了吗？如果你说喜欢，那我只能祝福你，希望你是真的喜欢，并能带给你快乐和幸福感。

幸福和快乐都是如人饮水，冷暖自知，无须刻意证明给别人看，毕竟我们都是为自己而活。心情好，晒一晒无妨，可是总是想要晒给别人看，就是得了"刻意证明过得好"综合征。

无论你想证明给谁看，都应该先问问自己，这样真的能带来快乐吗？我的生活真的有这么闲吗？是想把自己的喜悦分享给别人，还是绞尽脑汁地想让别人觉得自己过得好呢？

如果只是想让别人觉得自己过得好，就放下手机吧，去做些真正让自己感到快乐的事，远比刻意发朋友圈证明自己过得很好更重要！真正过得好的人，不会刻意证明给别人看，因为他们内心足够充盈。生活那么累，安静过自己的生活就好，不要刻意证明你可以过得很好，更不要刻意证明给无关紧要的人看！

要对得起为"北漂"所付出的一切

文/艾梦梦

2014年3月，阿吉给我打电话，说6月的时候要来北京，叫我租好房子。我高兴得跳了起来，终于有人可以陪我了，我再也不用每晚孤独失眠的时候一个人拿着酒瓶暗自神伤了，难过的时候也有肩膀让我依靠了。

我一个人在北京生活了两年，日子苦不堪言，住在潮湿逼仄的地下室，每天早上五点半起来挤早班地铁，不舍得多睡一分钟，只为了拿到一个月二百块钱的全勤奖。地下室阴暗潮湿，常年不见阳光，冬天的时候被子冰凉得能拧出水来，拿到外面晒，几个小时后，发现已经被人偷走了。这些都还好，只要努力一点，物质条件就能改善。最痛苦的是，没有人和我说话，我无法感知到这座城市的温度。这座城市很陌生，让人没有归属感，不管你多么努力，都有一种把你拒之门外的无奈。

5月的时候，我开始找房子，在房山区一个离新工作不远的地段租了一间大卧室，里面有一张很大的双人床，能睡三个人。我把照片拍给阿吉看，说："我们以后就要同床共枕，过同居的日子了。"阿吉问："月租多少钱？"我说："一千五，均摊之后一人七百五。"阿吉说，还好还好。

阿吉来之前联系过北京的一家公司，离我们住的地方不是太远，单程一个半小时左右。那家公司觉得他不错，愿意聘用他，但他觉得没什么前景，把它作为了备选，想先看看其他公司再定。

但阿吉找工作并不顺利，他面试了好几家公司都没有成功，不是公司看不上他，就是他看不上公司。而那个时候，我们还有一个更重要的实际困难需要解决——我们要没钱吃饭了。这是大事。

阿吉没有工作，我的工资不到三千，虽然之前存了一些钱，但房租押一付三，几乎都垫了进去，只剩下几百块生活费。最开始几天我们出去吃饭，一顿饭二十块钱都心疼得要死，后来改成了每天吃一顿，再后来只能吃馒头喝白米粥了。

饿了几天后，阿吉受不了了，对我说："我去那个公司工作吧，你现在也没多少钱，不能让你养我，不管怎么说，吃饭是大事。"那个公司就是他来北京之前联系的那家，虽然工资不高，但提供一日三餐。所以，每月只需要支出二百块的生活费。对于那时候的阿吉来说，貌似是最适合的工作。

我们开始了朝八晚六的上班生活。我和阿吉经常加班，公司干不完就拿回家做，很累，很辛苦，但没办法，生活本身就是一件异常艰辛的事情。

我和阿吉很少有属于自己的娱乐方式，大部分时间都献给了工资微薄的工作，不工作的时间都拿来睡觉或者戴着耳机听歌放松心情了。

我问阿吉："你说我们这么累是何苦呢？"阿吉喝了一口酒，没有回答我。

后来，阿吉说现在住的地方离公司太远了，每天早上六点多就起来挤地铁，身体受不了，要搬到公司的免费宿舍住。我很不舍，但他搬去后就不会那么奔波了，就帮着他一起收拾东西。过了一段时间，我才知道他住的宿舍是地下室，因为没有阳光，空气也潮湿，他得了呼吸道方面的疾病，直到后来要离开北京了也没有好。希望去了南方以后能好起来。

阿吉搬走后，我又陷入了一种无尽的孤独和焦虑中，虽然阿吉在的时候，我们也很少说话，但好歹有个伙伴，一抬头就能看到他在工作或者听歌，想着有人在和你一同奋斗，不管生活多么艰难，都会觉得是有盼头的，不是那么遥不可及的。这种感觉，应该就是我一直想要的归属感吧。

但这并不是北京给我的。

我开始思考一些问题，我应该拥有什么样的未来和生活？

10月份的时候，我辞去了月薪三千的工作，计划找一份薪水高一倍的工作。虽然忐忑担心，生怕失去了工作我就会挨饿，没有钱吃饭，没有钱交房租而被中介轰出来，因为我曾有过一段这样的经历。但我知道我必须迈出这一步，原地踏步是一种浪费青春和时间的表现。我靠着这种状态在北京混了两年，但日子过得并没有多大改善，我必须得改变了。

只用了一个月时间，我就找到了这份我想要的工作。也就是这一刻，我发现我其实比自己想象的要优秀。以前的沉淀都是对的，吃过的所有苦头，每晚扑面而来的孤独感的侵蚀都给我的生命留下了痕迹，这些痕迹最后都化成了琥珀。它告诉我，你的过去并没有白费，你对得起自己所经历过的一切。

阿吉也变得越来越好，他不再惧怕职场上的各种挫折，也能情绪高昂地和领导说话了，工资比以前翻了好几倍，工作也做得越来越顺手，很少再加班。我们都在越变越好。

之后的日子里，我和阿吉每个月都会相聚几次，大口吃肉大口喝酒，聊聊理想和姑娘，顺便缅怀下在房山时曾经同床共枕的艰苦日子。

我以为我们都会这么在北京一路走下去，拿的工资越来越高，住的房子越来越大，环境越来越好。

2015年12月的时候，阿吉和我说，他打算离开北京，不再回来了，票都已经买好了，下个月20号走。

我大惊："别逗我，不是好好的吗？怎么突然之间要离开了呢！"

阿吉冷静地说："北京的雾霾越来越严重，环境越来越糟糕，我的身体已经吃不消了，咳嗽了好几天，还住了医院，我不想再继续待下去了。"

我沉默，不知道说什么。

阿吉继续说："当然，这只是一方面，我仔细算过一笔账，哪怕我平均一年存十万也不能在北京待下去，况且于我现在来说，是不可能的事情，以后也不会可能。这里的房价物价以及各种条件都让人无能为力。如果一个地方注定了要离开，早点离开未尝不是一件好事。"

我说："就这么简单？"其实，我又何尝不明白，有时候我们激情饱满，充满希望，但只有自己的内心才明白，连我们自己都不知道在期待什么。我们渴望和别人不一样，渴望活出更有意思的生活，让只来一次的生命变得更有意义。但后来才发现，所有人都在这么想。

阿吉说："是的，就这么简单，以前觉得非要在北京干出一番事业不可，现在我才明白，北京只是一座城市而已。我会从这里路过，你也会从这里路过，很多人都会从这里路过，只是停留的时间长短不一样罢了。"

我很难过："那你就这么走了，甘心吗？你对得起以前吃过的苦吗？我们饿肚子，通宵达旦地加班，浑身疲惫地挤早班地铁，被人骂'屌丝'……"

阿吉打断我："这些都是我们这个年龄段必须经历的东西，每个人都是，和北京没关系，也别和我说'不甘心'这个词。喝酒吧！我知道自己在干什么，也对得起在北京付出过的所有东西。"

每个人的价值观都不一样，大多数人为了所谓的"安全感"选择随大流的生活，而只有少数人愿意遵循内心而活，既然决定就绝不找任何借口拖延，说干就干，立马行动。这是阿吉的价值观，这是他所认为的幸福的生活方式。

作为一个在北京漂了三年依旧混得不怎么样的人，对北京没有感情是不可能的，我也渐渐地习惯了在北京的一切。我曾经短暂地离开过北京一段时间，发现在那座新去的城市里，我生活得很不习惯。没有满大街的工作，也没有几分钟一班的地铁，放眼四周，觉得世界好小好小，小到转眼就能看到自己的未来。

地铁拥挤、上下班路程久远、房租过高、空气质量差、没有归属感等这些问题北京确实是存在的，但我觉得，这些东西不是离开北京的最大理由。当然，我也不是鼓励"北漂"们在北京死磕——在北京生活确实很艰难。

只是，我们在北京所付出的青春和时光不能白白流失，不是吗？那可是金闪闪的什么也换不回来的东西啊！还有吃过的苦和撞过的墙，说放弃就放弃、说离开就离开怎么对得起自己呢？我曾经见过不少"北漂"，他们混不下去后，就回了老家或者去了其他城市，结果混得并不比在北京好。

北京并不是一座适合普通人生活的城市，很多人或者大多人于它来说，都只是过客，注定了最后只有路过的命运。但你在这里奋斗过的经历会影响你一辈子，你上班不会再迟到，抗压能力会变得更强，看东西的眼光和思维也会变得更宽更广。

如果注定了要离开，何不趁还在北京的这段日子好好地努力奋斗呢？无论如何，要对得起在这里受过的苦和那段流逝的宝贵的青春。

梦想是朝着远方，做一次最虔诚的奢望

文/焦志杰

杨帆是我的死党，数理化门门精，英语却烂得一团糟，常年保持在60分上下浮动，即便这样，他依旧在高手云集的理科班混得风生水起。人有软肋，也有盔甲。

高考出成绩的那天，一个还未上本科线的分数将他对未来的期待瞬间浇灭，昔日的理科高才生不慎落败，就像一个常胜将军不小心打了败仗，哪怕是一个不起眼的污点，也能毁掉其毕生美誉。

所有人深知复读的风险，劝他读个好点的专科，毕业之后再做打算，有心怎么都不算晚。

8月份，我去了北方，开始了来之不易的大学生活。而他，选择去复读，再次冲进书山题海厮杀。

复读期间，我经常给他写信，在现代科技统治下的今天，书信作为最古老的通信方式，却成了传递彼此感情最好的载体。

时间就这样在你来我往、写信收信的重复中悄悄流失。在信里，我们除了诉说想念，更多的是祝愿彼此，希望各自的前程光明远大。

来年高考的时候，他不负众望，以超过一本线的成绩去了重庆读大学，学软件。

果然，人就像弹簧，触到最底，才能赢得大反弹。而他的新生活，才刚刚开始。

大一寒假，我听闻他的母亲因癌症去世，那天正好是除夕。

大街上人流拥堵，四处飘着过年的气息。街道两旁挂着的大红灯笼在冷风中喜庆地摇摆，人们四处采购年货，为新的一年不停装点。而他，穿着孝服对前来吊唁的亲友叩头行礼，十八岁的成人礼来得如此肃穆庄重，始料未及。

知道这件事后，我在家哭了整整一个晚上，心疼他，也骂老天的不公。在人生美好盛开的十八岁，却让他经历这生离死别的大场面，在本该被母爱呵护的年纪，永远地失去母亲。

我不敢去看他，因为怕见了面不知道说什么，安慰，还是同情？都是扯淡，语言有时很伟大，有时又脆弱得不堪一击。

决定去看他是在开学前的几天，要走了，不管出于任何理由总该看看吧。

我见到他的时候，被眼前这个满脸长痘、络腮胡子、头发长长的小伙子吓了一跳，要知道他以前干净利落、精神饱满，跟站在我面前的这个人绝对判若两人。那一刻我知道，所谓的苦难，只会让人变得更糟糕。

有一次，他的室友给我发微信，说他已经很长一段时间都没去上课了，白天宅在寝室睡觉，一日三餐都在床上解决；晚上经常一个人跑出去喝酒，回来的时候酒气熏天，烂醉如泥；要么就泡在网吧通宵打游戏，上学期挂的科也没去补考。再这样下去会被强制退学，问他原因也不肯说，所以希望我能够好好劝劝。

是啊，失去母亲这样的事，又怎么可能轻易逢人就说。那是一道长在心口的疤，提及一次伤口就会撕裂一次，泛着鲜红的血，永远也好不起来，所以只能不去触碰，也许会好点。

我决定跟他好好谈谈。也许是心有灵犀，还没等我开口，他的电话就先打来了。

他在电话里告诉我，自己决定退学，回去复读，这时候他已经大二了。

然后我就在电话里扯开了嗓子骂他："你是不是有病？是不是还没过够那些丧心病狂的日子？大二了还不老实，还想着再去跟小年轻体验一把热血的青春？"骂完后，我就哭了，然后说了很多好话，整个过程基本上都是我自己一个人絮絮叨叨地说，他静静地听着，没打断我，一言不发。

最后我问他，你想好了吗？他说这件事我想了很多天，我知道你说这些话是为了我好，可是你也知道我不会轻易做决定，我会为自己负责的。

后来我慢慢了解到，他学的专业自己根本不喜欢，之前还会按时上课交作业，后来逐渐演变成逃课、挂科、重修，自暴自弃，再加上母亲去世，当所有不好的事凑一起的时候，就造成了现在他的酗酒、通宵泡网吧甚至面临退学，把自己彻底锈成一块废铁，钝得刀枪不入。

只是当时还有补救的机会，还没到只有退学一条路可走，然而他主动申请了退学，回去复读。我佩服他的决绝，没有多少人有这样的勇气经得起从头再来。

果然是理科的高才生，从回学校复读到参加来年高考，满打满算也不过半年的时间，但是他却考出了超越一本线50分的成绩，谈不上惊艳，可是对于一个已经上了一年半大学再回去复读的人来说，在如此短的时间内考出比一般人好的分数，已经很不错了。

因为上过大学，所以才更加清楚自己想要什么，在高考志愿填报栏上，他慎重地写上了山东大学电气专业。

现在他大二了，折腾了一圈后又回到原点，不过这回是换了地方，做着自己喜欢的事。

现在的他，每年不仅可以拿到综合一等奖学金，更是将国家奖学金、省奖学金拥入怀中；另外还是学生会主席、旅游达人、比赛的种子选手，身边更是被美女围绕——要知道以前的他连跟自己喜欢的女生说句话都会脸红半天，如今则是风趣幽默，谈笑风生。

他的朋友圈总是晒一些去旅游的照片，或者又在某次大赛中拿了奖，然后我就在底下看到一堆共同好友的点赞评论，引无数人羡慕。

其实我们都知道，他能有今天的成绩全靠自己的努力，在经历了高考失利、复读、母亲去世、大学退学、再复读这一系列让人伤心又无力的经历后，自己心里仍然保留着最初的梦想。他想要什么，就一定会不遗余力地去做，而不只是嘴上说说而已。就连母亲去世这样的事，也未使他就此沉沦、堕入深渊。

他母亲去世三周年的当天晚上，杨帆发了一条朋友圈，写道：时至今日，身边的一切早已换了容貌，不复当年模样，这些年，我的经历足以让我看透人生百态，之所以我会变得更好，完全不是因为我的苦难，而是在苦难面前，我有着一颗火热的心，和一个未完成的梦。有梦才能到远方。

　　当我们谈及梦想，很多时候我们并不知道梦想到底代表着什么，它不是时常挂在嘴边的说辞、心血来潮时的口号，更不是带着正能量的标签，它意味着执着的努力、涅槃后的重生、坚持的信仰和永远年轻的心态。

　　那些嘴上说着"我有梦想"的人，大概永远都不会成功。

　　而真正心怀梦想的人，就像杨帆那样，用一颗火热的心，编织了一个美丽的梦。

　　这个美丽的梦，应该是朝着远方，做一次最为虔诚的仰望。

　　是啊，有梦才能到远方。

不要把全世界都放在自己肩上

文/焦志杰

很多时候，我们习惯按照规划来过自己的人生，努力成为父母眼中别人家的孩子，成为同学眼中令人生羡的对象。成为那个被人标榜的范本固然是件好事，可是真正成为自己心里所想的那个人，才是一件无比快乐与骄傲的事情。

昨天晚上去看了《青芒》的首映，一部有笑点也有泪点的青春片。影片里有句台词让我至今记忆犹新：不要把全世界都放在自己肩上，去做你想做的事。

在那个人人都为高考拼命的年代，高翔的出现，似乎显得有些格格不入，不合时宜。

他上课睡觉，成绩倒数，敢在校领导面前毫无保留地抖真话，以至于最后自己主动退学，看起来就是个丝毫不顾及前途的疯子。

某一节课上，班主任问他："你的理想是什么？"高翔坚定地回答说："我想飞！"

连喘息的机会都没有，班主任一脸嘲讽地说："你那么想飞，怎么不去上天，怎么不去奔月？"

后来，高翔乘着自己做的热气球，从教学楼屋顶上一跃而起，飞过当时站满全校学生的操场。这个场面，足以让人激动、振奋、拍手尖叫，虽然最后他一头栽在树上，也因此被记处分一次。

林天娇说："高翔，有时候我很羡慕你，可以不用考虑太多，去做自己想做的事。"

抛开这个场景的真实性不说，至少告诉我们这样一个道理：听从自己内心的声音，去做想做的事。成为别人眼中的谁不重要，成为自己真正渴望的那个人，才最重要。

我想起一个真实的故事。

Mary是我的发小儿，一个敢真正为自己而活的女生。

前几天，她刚刚收到今年某所985高校的硕士研究生录取通知书。打电话告诉我的时候，我正在睡觉，然后猛地从床上坐起，在电话里兴奋地对她说："恭喜恭喜！以后就要成为最厉害的那个人了。"

高考时，分数过一本线的她，并不怎么被老天眷顾。

她所报的第一志愿因一分之差落榜，第二志愿因招满而停招，最后迫不得已，去了一所大家从来都没听过的学校，在离家两千多公里的北方小城，度过这四年。

接到通知书的那天，她哭了，有不甘、委屈，想抗争却又找不到一个出口。

之所以没去复读，是因为考虑到当时家里的情况。

9月，我送她去火车站，以学长的身份跟她说："两年以后，你若还不甘，就考研吧。"

在哪儿读大学，不重要，也重要。

再有名气的学校，如果不学习，也只是换个地方打游戏、混日子；没什么名气的学校，也可以努力地做个学有所成的人。

她像个蜗牛一样，一步一步、永不停歇地向上攀爬着。

当寝室的同学想着周末去逛街、做美甲的时候，她早早地起来，背上一天的干粮，一头扎进图书馆，直到闭馆才出来，伴着满天星光，一个人穿梭在寂静无声的校园里。

努力的背后，是一颗不肯向现实低头的心，在勇敢地跳动着。

大二那年，她拿到了国家奖学金。颁奖典礼过后，她发了一张自己站在台上发言的照片给我。

舞台被耀眼的各色灯光包围，当时的她，无疑是最闪亮的那一颗，全身自带光芒。

之后，她弟弟遭遇疾病，离开人世。

有一天我跟她说："要不别考研了，现在的你已经足够优秀，足够好。回去吧，家里需要你，爸妈需要你。"

半晌，她回复道："我想再试试。请你支持我，相信我。"

我难过地哭了，哽咽着点头。

我知道这句话背后，她要顶着多大的压力，背负怎样沉重的责任。

她说："我不是一个自私的人，所有人都是为我好，我很清楚，只是比这更清楚的一点是，这一次我想为自己而活。"

很多时候，有些事情，我们连试试的勇气都没有。为自己而活，却是一件需要足够勇气的事。

暑假留校的时候，她和家里人视频，母亲看着屏幕里的女儿哭了，因为又瘦了一圈；而她，看着自己的母亲两鬓又平添的白发，更是难过地哽咽了。她向母亲保证："妈，再等等吧，无论成败，毕业我就回去陪你。"

而有些事情，一旦你出于本心做了决定，全世界都会为你让路。

考研初试成绩公布的当天，我迫不及待地打电话给她："考了多少，怎么样？"

"424！"

"不错啊，好好准备复试吧！期待你的好消息！"

后来，她一个人坐了近四十个小时的火车去所报考的学校参加复试。

复试结果出来的当天，她打电话告诉我："复试表现不太好，但初试成绩还算高，最后总算是有惊无险，录取了！"

我高兴地从床上跳了起来。

这听来似乎是一个成功的励志故事，背后却隐藏了难以言说的隐忍、痛苦和悲伤：一个人要有多大的勇气，背负怎样的责任，经历多少的折磨，才可以做出这样的决定——为自己勇敢地活一次。

那些振奋人心的演讲，掷地有声地告诉我们：你要成为怎样怎样的人，才可以成功，才算足够体面。

我们也陷入这样的思维里：我要奋力实现目标，达到期望的高度，做一颗在人前闪亮的耀眼星辰。

殊不知，我们都是独立的个体，拥有的生活不尽相同。我们没法按照别人的标准来衡量自己的人生，否则，很可能因为不合适，到最后把自己弄得遍体鳞伤。

这时候，认真地听从自己内心的声音显得尤为重要；期望太多，反而不是一件好事。

做一个有个性的人，努力为自己活一次。

这个世界从来不缺成功者，因此也不需要你努力成为这些人中的一个，卸掉它压在你肩上的重担，做一个更好的人。

这个更好的人，不是别人眼里的谁，也不是你要成为的那个人，而是你自己。

让你变成你自己。

Part 3

善良是一种高智商的选择。真正的善良，要站在人与人之间平等的基础上，明白道德的深意，分得清是非，并且有着自己的原则与底线。

你的善良，必须有点锋芒

文/王小辞

我习惯去市场北门第二间的那个阿婆的菜摊子买菜。并不是阿婆的菜有多实惠、多新鲜，而是阿婆年纪大了，觉得应该多多照顾老人家；再者，也是因为自己懒，习惯了去阿婆那儿买，就懒得换别家了。

某个周六下午，朋友来找我，说要吃我做的菜，拉着我去了市场。我照例来到那个阿婆的菜摊前，朋友看了一眼阿婆的菜，摇了摇头，在我耳边低声说了句"这瓜不是很新鲜哦"，然后拉我去其他摊子买。

朋友跟我不同，买什么东西都喜欢货比三家，买几个菜，我们几乎把菜市场都逛了个遍。

我才发现，那个阿婆的菜卖得比其他家贵。但不去阿婆家买，总觉得心里过意不去，所以临走前，还是去她家买了蒜头。

"婆婆，剩下的五毛钱帮我拿点葱吧。"阿婆没有拿葱给我，也没给我找钱，便招呼其他客人去了。

也是那次之后，我留意到，去阿婆那儿买菜，大多是跟阿婆比较熟的，会聊上几句。买菜的时候也不会和阿婆计较价格，阿婆说多少便是多少，有时候说剩下几毛钱，不用找了，阿婆也就不找了，阿婆也习惯性地剩下几毛钱，不会主动找给顾客。大概都是抱着照顾老人家的想法吧，大伙也没怎么在意。

这在我看来，就有点倚老卖老了。或许你会说，就你事多，阿婆赚钱也不容易，你不喜欢就不要买得了，瞎唠叨什么。

其实每个人赚钱都不容易，没有人有义务去为了他人而牺牲自己的利益。当一个人在接受别人的善意时，应该明白，人与人之间的平等和道德的深意。主动施与善意也是如此，为善的前提是尊重和平等。

从那以后，我不再去阿婆那里买菜。

高一那年暑假，我在一个二十四小时便利店做暑假工。值夜班，工作时间是晚上十一点到第二天九点。便利店跟超市一样都是明码标价，没有还价的余地，这些都是众所周知的。当然也有不懂这些规则的，在超市跟导购员讨价还价，弄得导购员哭笑不得。我在这间便利店便遇到过这种事。

有一天早上，我不小心睡着了，醒来的时候发现几个小孩站在零食那一栏货架前讨论着什么，见我醒来，一人拿着一包零食过来买单。这几个小孩，我记得是附近几个外来民工的孩子。

"这个，两块五给我，好不好。我真的好想吃，妈妈都不给我买。"排在最前面的小男孩拿着一个三块五的面包问我。

"小朋友，这里不可以讨价的哦。"

"可是我真的很想吃。"小男孩没有放弃的意思，继续扮可怜试图说服我。

我感激他们并没有趁我睡着的时候偷东西，又想到他们的父母赚钱不容易，便同意了。后面的几个小朋友也同样用了较低的价格买到他们想要的零食。而这中间的差价自然只能由我自掏腰包。

再后来，那几个小朋友都挑在我值班的时候来买东西，继续跟我讨价还价。一开始我没同意，被这几个小可爱说了几句，竟心软了，再次自掏腰包补了差价。

慢慢地，这家便利店可以讨价还价的事便被这几个小屁孩传了开来。开始有其他人跑来跟我讨价，在我坚持不接受还价后，他们说着难听的话，离开了便利店，表示不会再来光顾。我忍住差点掉出来的眼泪，我不明白为什么会变成这样。

这事自然而然地也传到了老板的耳朵里，老板并没有像我想象中的对我破口大骂，而是语重心长地给我上了一节课。

"你要知道，明码标价是便利店的规定，一旦你为一个小孩子打破这个规则，便意味着要为更多的人去打破这项规定了。而后果就得由你自己去承担，而你显然承担不起。确实，他们的父母赚钱不易，可是，每个人都是平等的，这个世界上，又有谁能轻轻松松地赚到钱的？比如你，要不是住你姐家里，这份工资连你自己都养不起吧？也没有人有义务照顾任何一个人的感受。我这里不能再留你，只有开除你，才能让你记住这次教训。你姐那边，我会跟她解释。"

这是我在这个成人世界里学到的第一节课。

也许当时年纪尚小，也许这一课的教训不够深刻。大学毕业后，我在就业的第三家公司，也犯了这个错误。

毕业第二年，我决定从事业单位辞职，开始转行做新媒体。

刚刚来到现在这家公司时，我还是个小小的文案。一个偶然的机会，我接下了一个新项目，经过了一个月的测试，项目开始运行，我也成了这个项目的负责人，带领新的同事将这个项目做大。

那个时候公司处于动荡期，人手严重不足，经常是一个人当两个甚至三个人用。老大派下来的任务，我更多的是自己扛着，只分配适量的工作给下属，因为我非常清楚公司给的任务远远超过公司给予员工的工资，尤其是有的新同事，我实在不忍心去为难他们。

而这样的结果是，我的任务越来越多，经常大家都下班了，我一个人还要在公司加班到很晚；生病的时候，我在医院一边排队挂号，还要一边拿着平板处理工作。

老大终于看不下去了，在某一天，我病好以后，就这件事找我谈话：

"你还记得你是怎么升上主管的吗？"

"记得，当时公司要做一个新的项目，刚好我略知一二，便自告奋勇接了下来。后来成功了，项目开始运行，正式扩招，你便提拔我为这个项目的主管，带领新人。"

"还记得当时你是怎么做的吗？我信任你，把所有的事都交给你去做，再苦再累都只有你自己担着，成败都是你一个人的事。所以你才会拼尽全力去做，你觉得你当时的努力只值那一点点工资吗？我们工作不只是为了工资，更是为了自身的价值和发展。也许你觉得你是好心，但你不放手让他们去做，不对他们狠一点，只会耽误他们的成长，也许到最后，他们还会反过来怪你。

"再者，我们是创业公司，且处于发展动荡期，哪个员工不是一个人当两个人使，这已经成了我们公司运行的规则之一了。你这样私自把活儿都揽下来，从一方面讲，就是在打破公司的规则，就是在告诉你的那些下属，这个公司工作很轻松，你觉得其他部门的同事看到会怎么说？"

每个世界都有自己运行的规则，如若只是因为自己的一点怜悯之心随随便便去打破这个世界的规则，那么牺牲的代价远远大于你当初施善行为所付出的，而且这种牺牲，很多时候是没有任何意义的。

后来，我发现有太多的人利用自己的可怜去换取更多的利益，而作为施善者，若没有一点自己的原则和底线，打破社会规则，损害自己的利益不说，甚至会连累身边的朋友。

看过《欢乐颂》的大多都知道，《欢乐颂》里二十二楼的五位美女之一——关关性格温和，甚至有点柔弱，不懂得拒绝别人。

年底考核期的时候，有个同事为了陷害她，以自己感冒为由，让关关帮她做完那份自己翻译到一半，并故意翻译错的资料，关关觉得同事也不容易，不好拒绝，便接受了。最后可想而知，负责提交检查的是关关，资料中的错误，自然得由关关背。

正如便利店老板所说的，每个人都活得不容易，你可以帮忙，前提是这其中所付出的代价，你是否承担得起。无论是作为施善者还是接受方，都要明白人与人之间的平等以及道德的深意。同样地，你也没有资格站在道德的最高点以善的名义去指责别人为善与恶。

浙江卫视的《中国梦想秀》有一期节目曾引发了激烈的争论。

一个姐姐登台表演，妹妹陪着她，可当姐姐的才艺表演结束后，镜头突然转向了妹妹，主持人现场提出要求，让妹妹与亲生父母相认。

登台表演的姐姐与妹妹本是亲姐妹，妹妹出生刚刚满月，就被父母送人了。此后二十多年，亲生父母就和她生活在同一个镇子里，却从未正眼看过她。在她最需要关爱的时候，给了她亲情的是养父母；近在咫尺的亲生父母，二十余年视她为路人。现在她长大了，亲生父母却又出现了。

姐姐和节目组私下安排，把妹妹骗到聚光灯下，突然提出让她与亲生父母相认的要求。

妹妹手足无措地站在舞台上，拒绝了这突如其来的要求。主持人的要求被拒绝，非常生气，当场指责妹妹。

据媒体报道称，主持人指责她心胸狭隘，说她应该换位思考，想想当年父母的难处，应该学会原谅，否则，她永远不可能幸福。

主持人的观点引起了大家的热议：一、血浓于情，无论父母做了什么，做儿女的都必须原谅；二、一个电视台的主持人是否有权利去安排他人的生活。

由兰纳德·阿伯拉罕森执导的奥斯卡金像奖最佳影片《房间》，被非法囚禁七年的女主人公和她的儿子被解救出来后，长达七年的与世隔绝，让被解救后的女主人公难以接受这现实生活，曾一度精神抑郁。

在接受记者的采访中，记者俨然一个审判者，义正词严地问道："为什么不把小孩给老尼克，让他交给医院，而强行把小孩留在身边，给他一个囚禁的童年？"

就是这个问题，让女主选择了自杀。

作为旁观者的主持人和记者，凭什么站在道德制高点去批判别人？

我们常常会发现，某一个争议性的社会话题背后，总有一群人以正义之名站在某一角度去斥责当事人，以前总觉得这些人如他们所说的英勇善良，后来才慢慢发现，这些所谓的正义之人，比当事人还不如。

我的一个作者朋友媚子说过这样一句话：评论区里，义正词严的人未必真的付诸行动，三缄其口的人也不见得仅是旁观，因为有的人只是过过嘴巴耳朵，有的人过过大脑。

毕业后的第三年，我认识了Q君，一个看起来很斯文安静的男生。从不在网站上发表任何激烈的言辞，也不好与人争辩。最初在我的眼里，甚至觉得他不够男子汉。

后来，有一次跟他一起等车的时候，发现有个自称聋哑人的男生拿着捐赠箱过来募捐。我对这种募捐活动甚是反感，这些聋哑人是真是假不说，这种募捐还会要求捐赠金额不能低于十元，简直就是道德绑架。

刚刚来到大城市那会儿，我不知真假，还会主动捐款。有一次，我在车站排队买票，也有个挂着聋哑人证的男人让我捐钱，因为我钱包里的现金只够买票，便拒绝了，不想他竟要伸手过来抢钱包，我大叫抢劫，他便逃走了。原来他听得到，我心里震惊不已。

后来我将这事与朋友说起，朋友告诉我，那些在车站募捐的所谓的聋哑人大多是骗子团伙。也就是说，我捐的钱其实是在帮助骗子，我不禁自嘲："像我这种不明是非的善良，其实与作恶又有何区别？"

那个聋哑男生走到我们前面时，Q君挡在前面，摆手拒绝捐赠，聋哑男生只好走向下一个乘客，眼看着那个乘客要掏钱捐款了，一向不爱管闲事的Q君，竟走过去阻止那名乘客捐款。

"你不要多管闲事。"聋哑男生居然开口说话了，周边的人都吃惊地看了过来，聋哑男生知道形势不妙，马上逃走了。

Q君的形象，在我面前瞬间高大起来。

再后来，我慢慢发现，其实Q君是个非常有原则的人。看起来安分守己的Q君，在旁人需要帮忙的时候，会主动帮忙；看到扒手会偷偷拍照报警；看到摔倒在路边的老人也会帮忙报警，并守在边上，等警察来了再走。

Q君的善良，比起我，比起那些只会在网上叫嚷着正义、站在道德制高点以正义之名去批评别人的人，更值得尊重。

以前听过一句话，你的善良，必须有点锋芒。在经历很多事后，我慢慢地理解了这句话的意思：**善良是一种高智商的选择。真正的善良，要站在人与人之间平等的基础上，明白道德的深意，分得清是非，并且有着自己的原则与底线。**

你明明是百合，又何必与百草合欢

文/赵丰超

经过层层筛选，过五关斩六将，我终于搭上了公务员考试的末班车。其实，我志在不在此，打心眼里不情愿走这条路。我向往的是另一种生活——在都市，在跨国公司，我想要的样子是精致的白领，时尚高雅的职业女性。但母亲不同，她执意要把宝贝女儿留在身边，攥在手心里，一辈子也不许离开，我又能怎么样呢？

临去单位报到时，母亲给我收拾了很多行李，大包小包，瓶瓶罐罐，与我行事的风格极不相称。心里讨厌，可我又不想忤逆母亲的意思，寻思着出门都给扔了。我打趣道："您是要把我嫁出去，扫地出门吗？"母亲不言语，只是淡淡地要哥哥送我到单位。

没有想象中那么好，当然也不算太差，这是我对单位环境的第一印象，我想公职单位大概都是这个样子吧。一位政工室的同志接待了我，并带着我分别认识了领导，办完了入职手续，我就算这个单位的一员了。

终于来到了办公室，推开门的一刹那，我心里多少是有些失望的。且不说没有高大落地窗的超级办公室，至少要有点属于自己的小空间吧？却不想二十多平方米的小屋里，竟然挤了两男三女五个人，前心贴后背，左手挨右手，哪还有一点空间可言啊？再看看那几个同事，一个个眼神疲惫，手头不停忙碌着，除了翻看卷宗的哗哗声，什么也听不到。只有那两名面朝正门的男同事还算有点生气，抬起头看了看，或许是惊讶于我的时尚吧，这一点我一直是很自信的，他们的眼神里飘过那么一丝不易察觉的光亮，不过也就只有那么一瞬罢了。我很迷惑，莫非是工作的压力让大家失去了活力，还是严明的纪律阻隔了大家的热情？我的心里开始打鼓。

刚跟同事们互相介绍一番，还没有来得及坐下，领导就过来了。本以为他会宽慰一番，说些"单位条件较差，我会设法改善"之类的话，却不想他直接撂下一句："我明天有个会，急需发言稿，这是资料，你赶紧写，明早给我。"话音尚在，人已离开，我张着嘴巴站在那儿，一阵凌乱：这都是什么事儿啊？可我又能怎么办呢？没办法，开始吧。我敢说，那晚是我有生以来最认真的一次，负平生所学，翻箱倒柜，搜刮肚肠，挑灯夜战，数易其稿，增删几十余次，最后终于敲定了一篇自以为声情并茂、惊艳四座的发言稿。我想这是到单位后的第一个机会，一个晋升之阶，我得好好把握。第二天清晨，我拿着稿子去找领导时，高跟鞋的声音都似带着节奏，如沐春风，得意洋洋，我在等待一番夸奖。

"张局早，这是你要的发言稿。"我面带微笑，双手奉上。

"放那儿吧，我等会儿看。"他竟连头也没有抬。

什么？一盆凉水泼下来，我整个人都不好了。难道我挑灯夜战一夜换来的，就是这句"放那儿吧，我等会儿看"？回办公室的那几步路实在太漫长，我的心都凉了，真的，我从来没有这么失望过。

总算熬到了周末，这可是上班后的第一个周末，我正盘算着该怎样度过，一位女同事突然拍了我一下。再看那几名同事，突然满血复活过来，好像打了鸡血，眼神里竟然闪着光芒。他们问我酒量如何，要给我接风。对这突如其来的热情，我还真不知道如何回应。

吃饭时，三位女同事的话最多，她们似乎是专程向我取经而来，关于文眉，关于美瞳，关于唇彩，关于搭衣，一个问题接着一个问题，我俨然成了讲师。说实话，关于美丽的话题我还是比较自信的，扎起高高的马尾，化上三分淡妆，黑白分明的职业装，踩着"恨天高"，每天我都会花些时间打理自己，要做就做精致的女人，心情好，人也自信。也不知为什么，谈不上爱美，我就是看不惯邋遢懒散的样子，包括工作，我总要给自己一个完美的交代。我像传道士一样滔滔不绝地传授着心经，三位女同事听得津津有味。可我却在不知不觉中忽视了她们的感受，直到发现她们都沉默不语地看着我，我才意识到自己的失言。

"你要是酒量不错，领导肯定天天带你出去吃饭。"

这是一位男同事的话，这句话作为总结性论断打断了我的心经。让我怎样来形容当时的心情呢？鼻子酸酸的，却又感到好笑。我是能听懂这句话的，他以为我是交际花，是善于逢场作戏的饭桌红人。我突然有一股浓烈的孤独感包裹着，以至于没有一个人能走进我的心。笔试、面试层层筛选下来，我在别人的眼中竟是这个样子，说好听点是花瓶，说不好听的就是交际花，那么我所有的努力又算什么呢？我强堆起笑容吃完了那顿饭，至于吃了什么，却食不知味。

我也曾灰心过，在寂静的夜晚给母亲打电话，还没有开口就已经泣不成声。而母亲一如既往的冷静，她说："你是个有理想的人，做好自己不就行了，在意那么多干吗？"是的，我有自己的追求。可惜，说来容易做起来难，面对是非八卦，面对风言风语，面对刁难，我又如何应对呢？

幸好我有法宝，我骄傲，我有精神胜利法，我就是要优秀，你管得着吗？每天早晨，我都会对着镜子给自己鼓气，我就是要看看你们看不惯我、又干不掉我的样子……

一个人不被逼到悬崖边上，你永远不知道自己有多大潜能。很多时候，连我自己也惊叹内心的强大。即便顶着冷嘲热讽，我仍能见人就笑，遇话就接，我仍能保持自我，还有依然高调的姿态。那段时间，我没有退缩，反而像打了鸡血一样，到单位比谁都早，工作量比谁都大，业绩比谁都突出。为了给自己打气，我把小办公室打扫得一尘不染，连那几个同事也为之一震。当他们来到办公室时，他们的桌上早已经倒好了热气腾腾的开水。领导交办的工作，我没有一点迟疑，总是第一个完成。其实我并非要做给谁看，或得到谁的认可；也不是标榜自己的思想有多先进，追求有多高：我只是比较爱干净，动作利索，这是我的习惯，也是我对待生活所保持的姿态。

可我没有想到勤奋也是一个旋涡，越是勤奋的人，领导越要把更多的工作分配给你，至于那些叫不动的人，时间久了他反而不叫了。那段日子，我不仅要完成自己的工作，还要给领导写稿子，又遇上元旦，单位要举办相关活动，领导找我谈话，要我客串一下主持人。几样工作做下来，我忙得不可开交，就连中午的休息时间也被剥夺了。不过付出总是有回报的，虽然辛苦，毕竟也赢得了一些认可。最起码领导对我说话时，已不再是一两句模式化的吩咐工作。站在舞台上主持节目，也赢得了热烈的掌声。年底的优秀公务员评比中，本来作为新人，我是没有资格的，领导却破格给了我一个名额。回头想想，这一切也算值得。

但是，人总怕出风头。本来大家都在随大流，就你一个人听话，凡事都做到最好，即便你是正确的，也会引来非议。

"她那么能干，干脆把工作都给她一个人干好了。"

"领导最近总是夸她，拿我们这些人当透明人啊？"

"再表现，不还是跟我们一样，也没见多拿多少工资。"

"还真把自己抬上秘书的位置了！"

这些话影影绰绰传到了我的耳朵里。我原以为只要努力就会换来别人的尊重，却不想适得其反。那天，我开着哥哥的宝马车赶去上班，正碰上几个同事趴在二楼的走廊护栏上闲聊，我真希望可以通过第二条路上楼，只可惜没有，我必须从他们眼皮底下经过，在他们的议论中前行。

"香车美女，这是小蜜的节奏啊！"

这句话我听得特别清楚，我甚至感受到了楼上飘落而下的唾沫星子。一楼到二楼不过是几十级台阶的路程，在我眼里竟成了万里长征，漫长难熬，处处荆棘。其实我也是有脾气的，我想痛骂他们一番，任唾沫横飞；我想去领导那里告状，杀杀他们的威风。可我做不到，我就是不习惯骂人，对我来说，唾沫横飞的样子比挨骂还要痛苦；我也不会告状，我知道这是个旋涡，越辩越解释不清。

我能怎么做呢？我只能沉默。

那天领导又要我写材料，我竟退缩起来，支支吾吾半天，就是不想写。因为我知道，这又是同事冷嘲热讽的由头，它会炸开锅的。领导却不管，材料往我面前一扔，扭头走了。办公室里的同事都看着我，而我环视了他们一眼，好像在说，我跟你们一样，懒散堕落，你们总该满意了吧？然后拿起材料追了出去。

领导正在收拾桌子，我进去时，他连头也没有抬。其实我已经想好了各种借口，准备逐条说出，推掉工作。可惜我还没有张口，领导就似看透了我的心思，他说："你先别急着推。"我竟一时语塞，不知道说什么好。

"你稿子写得很好，从你来单位写的第一篇发言稿，我就发现了。办公室需要一个副主任，专门负责撰写各类文书、安排会务，你很适合。"

"我，我只想把现在的工作做好……"其实我是想说口水能淹死人的，可我又开不了口。

"你的心思我明白，我只想说一句话，你明明是百合，又何必与百草合欢呢？"

我突然愣住了，这是领导说的话吗，我怎么觉得像诗人的话？眼前这个脑满肠肥满头油腻的老男人，莫非是大隐于市的诗人，隐藏在我们身边，从来没有暴露？这句话与他的样子太不相称了，才让我陷入团团迷惑，不知道该怎样接腔。可我为这句话感动，豁然开朗，也就是顷刻间的事，原本堆砌心头的种种不快，萦绕耳际的种种流言，统统化为浮云，无关紧要，也不值一提。

我是昂然回到办公室的，**我是百合，何必在意百草的看法？优秀的人本来就不合群，你愿意懒散就懒散下去吧，我有我的追求，我依然要保持自己惯有的姿态。我骄傲**，还是那句话，我喜欢看你们看不惯我又干不掉我的样子……

职场如战场，别打感情牌

文/四叶草

宋江文不惊人、武不出众，偏偏能让众兄弟为他卖命，说到底，是因为他打得一手好感情牌。武松、李逵、卢俊义……无不被他的"义薄云天"所打动，到最后几乎都陪他送了命。

职场之上，有如战场，如果你一味地打或者被别人打感情牌，那么你很可能会死得很惨。在我身边，这样的事例不在少数。

小西北家在大西北，他所在省份被圈内人戏称为文化沙漠，工作机会很少。小西北少年时博览群书，文化功底颇深，是一个很不错的编辑。当他要去北京闯一闯的决定被先前工作上有过接触的一位老大哥知道后，立刻热情地"拦截"了他。

老大哥知道"千金易得，一将难求"，他有一个图书工作室，一直苦于找不到优秀的编辑。小西北的专业素养正是他所需要的。他非常希望小西北能为自己所用。

小西北刚到北京，住在小旅店里，一边找房子，一边四处投简历。老大哥不由分说，将他领到自己家中住下。向阳的房间，全新的生活用品，电脑Wi-Fi全部备齐。一日三餐不重样。

老大哥的工作室以针对女性的网络小说为主打，而小西北的本意是想做一个社科类的图书编辑，他对财经、高科技、人文等方向更感兴趣。但后来小西北还是留在了老大哥的工作室。

我问他为什么会这么选择，小西北叹口气道："他实在是对我太好！洗澡水都给我放好；嫂子怀孕好几个月了，还下厨给我做饭吃。而且，他的工作室当时遇到个坎，过不去可能就要停了，还欠着印刷厂一大笔钱。"

就这样，小西北做了三年自己不喜欢的宅斗、宫斗、穿越、重生小说，帮老大哥渡过了难关。他一直犹豫要不要去别的出版机构做自己喜欢的书。

他常常跟我聊到这些苦恼，一边是盛情难却，一边是职业理想，他着实为难。

我问他说："既然不喜欢现在的工作内容，为什么不离开呢？"

他说："老人哥对我太好了，工资是最高的。我有一次粗心出了错，造成了经济损失，他都没跟我说一句重话。我实在是开不了口。"

我又问："那他的工作室有没有转型的可能呢？做你想做的书？"

他答："没有，我跟他建议过，但是种种原因，他做不了那类书。"

事情到此，就渐渐明朗了。

"你现在的工作内容不是你所喜欢的，所以我想，你也没有把全部的精力都投入到工作中吧？"我不客气地说。

他一怔，顿了一下，才说："被你说中了。我其实是勉为其难。"

与其为情面所困，委曲求全，不如想办法既保全了这份情谊，又还自己一份自由。

小西北下定决心后，立刻着手招聘了两个女孩子，倾囊相授，让她们迅速上手。而自己，也向目标出版集团投去简历。

他跳槽后，常常在微信里晒编辑部环境、他做的新书和工作中的大事小事。看得出来他如鱼得水，十分开心。

三年前，小西北被人发了感情牌，可惜他不懂，一份厚礼就可以还掉的人情却将他囚于一洼浅水。可以想象，如果不跳槽他将就此蹉跎，跟不来北京也没什么区别。小西北醒悟得尽管有些迟，还好不太晚，终是得偿所愿。

跟小西北不同的是小北京，他给别人发了感情牌，最后自己落得个灰头土脸不说，差点耽误了杂志下厂。

小北京是一家杂志社的美术编辑，现在杂志的处境有多艰难，业内外的人都知道，所以压缩成本节省稿费，就成了杂志编辑的重要任务。每周的例会上，主编都会向文字编辑和美术编辑强调：稿费能不花就不花，能少花就少花，大家有脸的刷脸，有情的刷情。总之怎么省怎么来。

小北京严格执行主编的政策，他负责社里三本杂志的插画供稿，跟众多画手工作中相互配合，游戏里并肩打怪，感情不是一般的好，因此，他觉得自己很有资本跟大家刷脸刷人情。

"各位宝贝，我们杂志成本又压缩了，你们就当可怜可怜我，一幅插图少收二百吧。二百块，穷不了你也富不了我，我们共同成长，等我当上社长那天，都来我家住！"

开始时，画手们只是随口抱怨几句，然后该交稿时还是会按时交。突然有一天，小北京傻眼了。

当月约出去的二三十张图，只收到七张，有几个画手说过几天交，还有几个人干脆说活儿多，忙不过来，想要画得排队。

下厂时间逼近，封面图迟迟没有消息，总不能"封面欠奉"吧。小北京嗓子哑了，嘴角起了一串火泡。他不明白是怎么回事，以前也有过拖稿的情况，但这样的情况却从没发生过。大家都是生死与共的战友，友谊的小船怎么说翻就翻了呢？

在他的一再追问下，终于有一个小伙伴跟他说了实话。

"我们当你是好伙伴好战友，但你也这样想吗？"

"当然了！怎么会这么问？"

"未必吧？"小伙伴不满地道，"大伙儿都说，你就是嘴好，天天哄着我们。"

小伙伴说，他们几个画手的稿酬早已今非昔比，有时一个封面能要到五千元，给小北京的还是当年的友情价，打三折。他们不提涨稿酬也是看在大家白天晚上"厮混"在一起感情实在到位，但现在却要降稿酬，确实有些接受不了。碍于面子，干脆不接。

"你在游戏里泡个妞是不是也得送个装备献个花呢，何况我们是这种合作的关系。而且，一直以这种低价位给你供稿，连累我们有时跟别家合作都要不上价。"

小北京恍然大悟，原来，自己因为打感情牌被"退稿"了。

齐白石的画明码标价，绝无二价。好朋友上门求虾，钱不足，他就按钱作画，画虾一只半。鲁迅为后来的作者争取到的最大权利是标点符号按字算价，计入稿费。

大家们之所以这样斤斤计较，正是因为金钱往往是衡量事物的标准，你不承认就得碰壁。

在职场上，谈什么情谊无价。对不起，只好让你算盘落空。

生活中也一样，你到底对我有几分情谊，请拿数据说话。

前段时间，网上有个关于送红包的段子：新娘一和新娘二是闺蜜，两人同时备嫁，婚期相隔不远。婚礼前夕，两人分别托人给对方送上红包。当新娘一接到新娘二的红包时心里一惊，知道以后朋友没法做了。她给对方包的红包是一千块，而对方给她的是两千块。

她在闺蜜心里值两千块，而闺蜜在她心里，只值一千块。叫人如何不心凉。

知道问题出在哪里之后，小北京立刻跟主编说明情况，调整方案，提高稿酬，这样下期的封面才不会开天窗。

以上两件事及时修正，为时未晚。比较惨的是朋友的闺蜜，就叫她二木头吧。二木头的长相和心机成反比，颜值高心眼少，只会一味蛮干。男友有魅力，有眼光，两人一起白手起家把一个打印社做成一家印刷厂。当他们的公司慢慢做大、事业稳定之后，男友也要结婚了，当然新娘不是她。

二木头几乎是净身出户，一直以来，男友主外，她主内，公司在男友一个人的名下，所有的生意往来、重点客户都在男友手中，而她主抓设计、印刷、工期，干的都是得罪人的力气活。因为没有进行结婚登记，分手后，二木头离开印刷厂，男友搬离了家，房子留给了她。

在北京远郊三室一厅的房子里，二木头欲哭无泪，表面看起来男友给了她一套房，可是房子的首付是她用这些年的工资付的，而且还有二十年的房贷要还。

布斯克茨是巴萨的中场核心，父子几代相传，红蓝色已经渗入他的血液。今年，他再次跟巴萨续约，年薪涨到一千五百万欧元。在队内，仅次于MSN和队长小白。续约前的几个月，不断传出曼城和巴黎圣日耳曼与他接触的消息，他也说过如果离开巴萨，愿意为恩师瓜迪奥拉效力，但他也强调了自己的红蓝心。球员愿意留在巴萨，俱乐部也要付出相应的薪水表达俱乐部的诚意。球员的身价决定于他的能力和在球队中的地位，像布斯克茨这种能够时刻阻断对手进攻又能够梳理自己中场的球员，放到转会市场是可遇不可求的极品，只有在薪水上符合他的身价，才是对球员能力和忠诚的认同。巴萨的这一续约为自己的未来五年的辉煌奠定了基础，这才是一个成功俱乐部应有的气度和应该做的事，如果只谈感情而罔顾市场规律只能是鸡飞蛋打。

现时的职场，正逐渐地走向成熟，人们也逐渐有了自己的梦想，越来越多的人选择忠于自己的职业，而不是某个具体的公司或者领导。当公司不能为员工提供足够的实现梦想的平台和现实的帮助时，感情留人就变得可笑了。管理者必须要知道感情要谈，但忠诚度是要建立在共同的目标基础上的，而不是公司单方面获利，还要求员工忠诚。

最艰难的时候，给生活一个笑脸

文/四叶草

晚上的饭局，闺蜜董老师又迟到了。

董老师在一所初中任教，每天忙得焦头烂额。今天迟到的原因是，班里有一个熊孩子公然在学校谈恋爱，行为举止简直挑战节操底线。

董老师不得已，只得找她谈话。女生委屈得像只小白兔，未语泪先流："老师，你不懂！宝宝心里苦，宝宝不说！我爸爸妈妈离婚了，他们不再爱我，抛弃了我，我特别缺爱，我万分渴望能有个人爱我！"

其实，董老师不止一次地见过她的父母。虽然他们离婚了，但看得出，他们都很疼爱女儿，尤其是离婚之后，出于补偿的心理，更是变本加厉地对女儿好。

这个女生的心理并不难理解，她这样的孩子也不在少数。他们以家庭破碎为借口，把自己设计成可怜又可悲的白雪公主加灰姑娘的角色，理直气壮地为所欲为。

比如，以缺爱为由不停地换男朋友，以没心思为借口不听课、不完成作业，任意放纵自己。

什么都不是你放弃自己的理由。

没有人能成为你的救赎。

越是艰难的时候，越要笑着坚持。

我给董老师讲了我的小闺蜜楠楠的故事。

楠楠也是个单亲家庭的小孩子，跟前面那个女生比，她的不幸更让人心疼。她以前是我的读者，我们认识有十二年了。她跟我说，她爸妈离婚她特别高兴，我表示惊讶，她说："因为我再也不用天天看着他们吵架而不知道帮谁，再也不用在他们大打出手的时候楼上楼下地找邻居帮忙了。"我听了，心里不由得难过。

"姐姐你别难过，我都不难过的，那些事我都忘记了。也许我是不想记得吧！"

屏蔽掉一些不快乐的事情，是好事。我们不能选择生活，却可以选择对待生活的态度。

跟痛苦纠缠不休，还是跟幸福牵牵小手，全看我们如何选择。

楠楠刚出生时，喜欢男孩的妈妈发现生了个女儿，恨不得当场掐死她，不肯给她喂奶。是奶奶把她抱在怀里抱了七天七夜，才有了现在一米七三的她。"你说我是不是特幸运，要是我奶奶像一般老太太那样重男轻女，我一出生就GAME OVER了。"

"来，再多吃一个鸡腿！"我没接她的话，因为她并不需要我的安慰。

"我小时候就知道，我妈不喜欢女孩，她一直喊我儿子。后来我就不穿裙子了，头发剪得短短的，整个一假小子。"现在的楠楠穿着绣了可爱Hello Kitty的韩式蓬蓬裙，一头长发的尾梢漂染成漂亮的酒红色，打扮得美美的。

我知道她的内心一直住着个小女孩，从没变过。

可她却说，自己很久很久之前就老了，从十岁开始自己照顾自己，上初中开始给全家人做饭，努力负担起家务事。一直到现在，她都特别爱管事。"我就是个老妈子，你们别嫌我烦就行。"她咯咯地笑着说。

比我小很多的她，总是买给我各种小玩意儿，我办公桌上的星星罐、多肉花盆、漂亮的小本子都是她买的。每次来看我，不是带冰激凌就是奶茶，倒像是我的姐姐。她跟其他朋友在一起时，也是如此，关心别人似乎已经成了她的一种习惯。看见我们喜欢她的礼物，她笑得很开心。

带给别人快乐，是楠楠让自己快乐的法宝之一。人生不如意十之八九，所以林清玄说："要常想一二。"

楠楠的妈妈患有精神病，时好时坏，严重的时候不上班、不吃饭、不吃药。"我一边流着眼泪，一边偷偷在厨房把药片碾碎了，掺在饮料里给她喝。她就只有我了，我必须好好照顾她。"

因为妈妈的这个病，楠楠最初的梦想破灭了。

她像很多小女孩一样，喜欢娱乐圈，喜欢明星，明星的各种照片贴满了好几个大日记本，买贴纸、做剪报，还要配上一首小诗或者歌词。

她第一个爱上的明星是苏有朋，那么明媚的笑容，像迎着太阳的向日葵。"我要是能进娱乐圈就好了，给明星当经纪人，天天和他们在一起。"楠楠一脸的向往，说这话时，她十七岁。

做了十多年的娱乐版记者，我对娱乐圈多少有些麻木，对明星并没有特别的感觉，但对于像楠楠这种小女生的热情我十分理解："那你好好学习，等你长大了，姐姐介绍你进娱乐公司。"

但是，楠楠的这个梦想根本没有机会实现，妈妈的病不定期发作，她不能长时间去别的地方，必须守着妈妈，守着家。必要时还得陪妈妈一起住院——精神病院。

"其实，精神病院不是我们想象的那个样子。那段日子连我都喜欢上了在那里的生活，真的很放松。每天就是听音乐、做运动、打麻将，到时间就吃饭睡觉。很轻松，只是没有自由，出去要有主治医生的假条。"

她笑着说这些的时候，我特别想哭，但我还是笑笑："楠楠不管在哪里，都能过得很快乐。"

梦想总是要有的，只是有时候，它离我们远了点儿，需要我们不辞辛苦，绕几个弯，多走几步路。

楠楠开始了她的追星之旅，这是她接近梦想最快捷的方式。

"即使不能像明星一样光芒耀眼，总要让自己阳光灿烂，才能不虚此生。"

开始是只要有明星过来，就一定要去。后来是坐一个半小时的火车到省城去追。再后来，就去北京上海。最疯狂的一次是追Super Junior的巡回演唱会，一路追了三个城市。

她追Super Junior，主要是因为韩庚。韩庚在韩国时期的辛苦经历，楠楠一说起来就感慨不已："这小孩太能吃苦了，长那么帅，还那么能吃苦。我将来要到韩国去看他。这是我的梦想，一定要实现。"

没等楠楠去韩国，韩庚就回了中国。此时，楠楠也有了一个新的梦想，买房子！

有一天半夜，妈妈突然犯病，需要马上送到医院，楠楠一个人束手无策，她家住在大庆油田比较偏僻的一个生活区，到市区需要近两个小时的车程。"我完全无能为力，那一刻，我脑子里突然蹦出了一个想法：我需要一套位于市区的房子。"

楠楠高中毕业后没有考大学，十八岁招工进入父母所在的油田工作，工资待遇很不错。她开始计划开销，把家里的钱集中在一起，四处看房，终于在她二十二岁那年，成功当上了房奴，拥有了一套跃层式的Hello Kitty小屋。

电视墙、隔断、窗户等都打造成Hello Kitty的样子，其他的家具、装饰物几乎也全都和Hello Kitty有关，都是她在网上一张一张看图片，一点儿一点儿跟设计师沟通后的结果。

"我是不是很厉害？二十二岁就拥有了自己的房子。妈妈在楼下，我在楼上，以后，我就可以在我的Kitty屋里自由自在地玩了。"

后来有一次，我在《花样姐姐》中看到了许晴的家，这个四十岁却有着十四岁少女心的美女，家里贴满了Hello Kitty的贴纸，少女心十足。我突然想到了楠楠，不管你身处何地，身居何位，开心或暂时不开心，最终的梦想距你并不遥远，有温暖的家、爱你的人，外加喜欢的事。

两年前，楠楠非常偶然地做起了微商。她第一次去台湾旅游，带回来很多好东西，卫生巾、发膜、面膜、洗面奶，全是小女生用的。

她在朋友圈里一样一样地发上去，连图带文给大家秀她的战利品，后果就是朋友们不客气地上门来瓜分得一干二净。没办法，楠楠只好找她去旅游时的领队给大家带货，再后来她发现，做代理比领队带货更划算，就做起了代理。

一年后，楠楠跑去韩国玩，虽然韩庚已经不在韩国了。这一去，她就变成了韩国人肉代购。

楠楠的朋友圈特别热闹，她吃了什么，玩了什么，又淘到什么好东西，哪怕一件再小再普通不过的事，经过她的描述都幸福得冒泡，时时能让人感受到一种快乐的氛围。每当我不开心的时候，我就看她的朋友圈，像是有种神奇的力量，莫名地就高兴起来。

"楠楠，你啥时候还团购冷面、米线、麻辣烫呀？家里没存货了！"

"你能不能好好做代购啊？去趟韩国，光看见你吃吃吃了，我要的宝贝，你买了吗？"

"上次说的那个，这回可千万给我带回来呀，别光顾着吃，不然绝交！"

以上这些，都要等楠楠吃爽了再说，她把微商当成了爱好，好吃的我们一起吃，好用的我们一起用，好玩的我们一起玩。

生活一天天地在过，总得给自己找点乐子，要不怎么能够甘心平淡无奇地走完一生呢？

"楠楠，你现在有什么梦想？"我问。

"呃……我现在还不能告诉你，等到时候再说，不然就成瞎想了。"隔着微信，我都能想象到楠楠懒洋洋地坐在堆满了Hello Kitty公仔的地台上偷笑的样子。

其实我知道，楠楠最近这么安静，是因为她在努力攒钱，她的下一个目标是爱琴海。很多年前，她最爱的苏有朋演了一部电视剧《情定爱琴海》，当时她就下决心，一定要在未来的某一天前往心目中爱的圣地爱琴海，邂逅一段浪漫的爱情。

同样的处境，不同的态度，就有了截然不同的生活。

上个月，我见到了楠楠的妈妈，一个热情健谈的大婶。我们三个人一起吃火锅，她不停地给我布菜，她说自己快退休了，以后的梦想是开一家养老院："其实就是一堆老头儿老太太一起生活，他们想吃什么，想玩什么，我就帮着给忙活忙活。一起打打麻将，遛遛弯，多有意思呀。"

楠楠把妈妈照顾得很好，丝毫看不出有病的样子，娘儿俩一会儿斗嘴，一会儿又剪刀石头布地决定谁去买水果，赢了的人得意地大笑。我被她们的小确幸感动了。

董老师班里的那个熊孩子或许在未来某一天会明白，自怨自艾、放纵放弃是不会带给她梦想中的幸福生活的。生活就像一面镜子，你哭它也哭，你笑它也笑。它是什么样子，完全在于你怎么看待。

我十岁时得了风湿性关节炎，同病房的小伙伴说，风湿是很严重的病，她奶奶就是得风湿性心脏病去世的。我吓死了，以为自己命不久矣。我偷偷地哭，一想到自己或许明天就会死掉，心里就难过得无以复加，我趁爸爸妈妈不在的时候，一笔一画地写遗书，反复叮嘱他们，不要忘了我。

没过多久，爸爸接我出院。我当时还没从"即将离世"的阴影中解脱出来，小步小步地走路，生怕走快了心脏就会掉下来。

有一天，不知道因为什么，我跟班里的同学疯成一团，蹿上跳下，跑前跃后，像只撒欢儿的猴子。我这才反应过来，我的心脏结实得很，我不会死。我不由得仰天大笑，从此满天的乌云都散了，我的生活又恢复了丽日晴天。

我们每个人都有不如意、不顺利的时候，怨怼责怪没有丝毫的意义，与其被负能量的洪流裹挟着沉入水底，哀伤心死，不如给它个笑脸看看。

怎么样，你敢不敢？

人言纷纷扰扰，我们如何做自己？

前几天，我收到一封信——在这个年代收到他人亲自书写的感情，是一份荣幸。

对方是我素未谋面的读者，更进一层的关系是，我高中时小一届的学妹。过去并不认识，因为某次我在文中提到家乡，她一激动给我留了言，再细聊后，竟发现是校友。

在信的开头，她叫我维安，并把称呼的斟酌过程写了出来："在称呼你这件事情上纠结许久，最终在学姐与维安之中做出了选择。"

看得出来，她是个比较拘谨的女生。本以为会和我大谈大学生活的精彩或者说说对过去学校的共同回忆，慢慢读下去，我了解到她的大学生活并不快乐。她说大学和她曾经想象的并不一样。

"刚开始进入大学时，我觉得我所憧憬的大学生活不是这样的，陪伴在身边的绝对不会是终日的空气……

"我做尽自己所能做到的事情来填满生活，到现在我也逐渐进入这样的生活状态，都一起还是会感到孤独，但是起码能做到在异乡，逢年过节时，那种难熬的空虚不复存在。

"可真正让我崩溃的并不是孤独。我算是个敏感的女生，我可能比较在乎别人对我的看法和评价，但更不愿意处理人际关系带来的问题。"

接着她大概向我诉说了现在的状况：和每天一起吃饭上课的朋友们闹了些小矛盾，对方对她的努力加以嘲讽，开有些过分的玩笑，她一直选择沉默，也想逃避，可是面对对方的恶语相向，她开始讨厌这样软弱的、表面上挂着笑脸但是内心不开心的自己。如今对于大学生活，更多的是无奈和难过。

说实话，维安现在其实对于一些敏感话题，比如宿舍关系，比如人际交往是有些回避的，虽然有很多读者和我提起类似的话题，我却不知道怎样才是最好的解决方式。因为我不是当事人，做不到完全的客观。

但是，对于在大学里交朋友这件事，我想说：

我们每个人都拥有选择朋友的权利，你要走出去，主动寻找与你志趣相投的朋友，而不是做一个壁花，等着别人来选你。

不是每个人都天生就讨人喜欢，但是有些人懂得怎样让他人喜欢自己。想想在一些陌生场合，那些让你第一次见面就心生好感的陌生人，他们中的大多数都是主动而亲切的。这种热情并不是一种讨好，而是双方都需要化解陌生和尴尬，而对方正好先伸出友好的手。

再来说评价这件事。我的观点是可以接受议论、批评，但不能接受侮辱。

"议论"或者"评价"，其实是很中性的词，只是很多人对其感到害怕，害怕自尊被伤害，害怕自己不被认同。但是换个角度想想，评价有时候是外界为我们树立起的一面镜子，我们可以通过别人的议论来了解自己、认识自己。

可是，千万不要完全把对自己的判断建立在他人的言语之上，那样的你就如同粉末砌成般，风一吹就散了。

"有则改之，无则加勉。"这句话古已有之，你可以认真思考一下自己是否哪里做得不好，问问那些你信任的朋友或者长辈们。然后在更多的时间里，你需要自省，需要改正，因为没有人比你更了解你自己。

我高中时一个玩得很好的朋友，北方妹子，很漂亮。在我们南方城市里，那地道的北方口音和一双乌黑闪亮的眼睛是很容易让人印象深刻的。

她玩得开，和男生女生关系都很好，我们一起组织班级文艺活动，我们合得来，玩得很铁。

她有时会忽然一改常态地沉默，我问她原因，她说起转学前的那些日子。

在她小学的时候，曾经被一些女孩子孤立过，她们在贴吧上指名道姓地骂，说着小孩子觉得很解气但是幼稚至极的词汇，原因是她和男孩子们玩得好走得近，在十一二岁每天叫嚷着画"三八线"的女孩子眼里就想当然地"坏"成了异类。在美国做交换生的日子里，老师对她也不太好，她是那种性格很直的女孩子，可是那些委屈和不服气，在异国他乡也只能自己咽下去。

虽然是云淡风轻地简单提及，我知道她在阴云密布的日子里独自走过很长的时间。

后来她上了初中，来到我们学校，没有人知道她的过去，她可以摆脱那些莫须有的标签，重新做自己。我知道她一直以来对友谊是特别珍惜的，那些我们交换过的贺卡里除了常规的调侃，就是彼此最真诚的心里话。

我知道她曾经顶着巨大的压力，表面上看起来还是阳光开朗，但那些日子真是糟糕透顶。别人的闲言碎语一度让她不知所措，好在现在走出来了。有些人，再也不用相见了。

她的那段岁月，我并不能感同身受，但是我相信自己的判断：她是什么样的人，我心里清楚得很，周围的同学也会很清楚。

后来，我经历了一些事情，想起她说的那些事情，就特别能理解了。

我不愿意从别人口中了解一个人，随其喜恶。也不希望把自己的主观评价强加给旁观者。每个人都应该通过与一个人的相处来了解其为人。

前段时间，刚好和她聊着天，说起她以前那些事，我想起《无声告白》里一句话，就给她发了八个字：

人生太短，而你太美。

我是一个很在意别人看法和评价的人，我自己也承认这点。

在群体中，每个人都会是"评价"或者"议论"这个动词的施事者或者受事者。并不是你三缄其口，对你的议论就会完全消失。

家里长辈和我说过这样一句话："无论是赞美还是贬低，你只需要听百分之五十。"因为有的好话可能别有用心，有的贬低可能只是情绪的溃口。

如果你正难以忍受那些刺耳尖锐的骂声，那是一种失去理性的言语暴力。佛学里有个词叫作"观照"，就是当一件事情发生的时候，看透它的缘起和走向，想想别人为什么攻击自己。大多数的时候，回击是没有任何意义的。如果你很深入地去探究别人的用心，说不定会发现很多人性的阴暗面，你会发现很多张扬的攻击背后可能是非常卑微的心理。

其实，每个人归根结底还是更加在意自己的生活，对于周围的事情本可以沉默忽略，偏偏有人喜欢对别人的一些事情说三道四，从而纾解自己的内心。大家都是凡人，这样的事情常常发生，但是我们都应该学会自省。

管住自己的嘴，不要武断地下结论。管住自己的耳朵，不要听风就是雨。管住自己的大脑和心，不要被别人随便几句话就击倒了。

如果你是一面小池塘，那么一颗石头就会激起不小的水花。如果你让自己变成一面湖泊，落入石块时哪怕偶有涟漪，却总能快速归于平静。那些五光十色的投影总是转瞬即逝，永恒的只有一大片如天空般的蔚蓝和平静。

我告诉自己要温润，要自持，要让自己变得不那么尖锐乖张。这并不是指去个性化，平凡淡漠而庸碌一生。

而是在这个熙熙攘攘的世界里，我们可以选择让自己变得"迟钝"一些，尽量过滤掉那些影响自己心绪的、来自外界的、没有实际意义的噪声，不动声色地走自己想走的路，成为自己想成为的人。

我不是为了你好

文/溺紫

前几天，我的一个学生对我说："老师，我觉得电影《垫底辣妹》里，女主角沙耶加把（日本）庆应大学作为梦想的理由太牵强。怎么会有人因为一个辅导老师随便几句话就决定自己的梦想呢？"

我稍微认真思考了这个问题。作为一个老师，我也时常提出我的建议，有的是单纯作品上的，有的则是人生道路上的。有的建议我需要考虑很久才能总结出来，而有的建议，我真的只需要一秒。一秒钟，我就可以给出一个专业的建议。

我想说，也许辅导老师只是随意的一句话，但这句话包含着他长久以来的人生经验。不是胡诌，不是忽悠，更不是信口开河。他所传达的，可能并不是像梦想那么远大的东西。或者说，就是一个目标吧，一个有挑战的、具体化的、现实的目标。

我们把概率小于百分之五的事件叫作小概率事件，沙耶加的案例就是如此，不是没可能发生，只是概率问题。我自己也是一位教师，虽然那百分之九十五的失败率很可怕，但如果不尝试那可就是百分之百的失败了。

如果我们的一生都不去尝试那些听起来荒谬的事情，这会是怎样的一生？至少在我而言，为了一个看似随意的目标并认真努力，是一件很棒的事情。某种意义上来说，那意味着我们享受和利用了人生的每一分钟。

我想我们的生活里多多少少会有这样一种体验——

对于某个领域并不了解，但带着一种敬仰或者好感开始进入这个领域；一开始什么都不会，后来经过磨炼、学习，变得有模有样。是不是觉得很熟悉？那让我们回头追溯当时让我们进入这个领域的契机。

每个人的契机都是千奇百怪的。拿我身边的人来说就不胜枚举。有朋友在大学期间闲来无事用手机拍了几张好看的照片，因为喜欢的女孩随口说了声"好看"，最后他成了专业摄影师。有一个朋友在美国意外得到了一个韩国人的帮助，从此决定学韩语，最后成了专业翻译。还有一个朋友，仅仅是因为看到我在写作，也开始了写作的生涯，现在每天更新的字数比我还多。

这样的事情每天都在发生着，可能说的就是我们自己，因为一个小小的理由，意外地翻开了新的人生篇章。也许等我们更加年长一些，再往回看，其实我们整个人生也都是这样，某个重要事件开始的导火索就是简简单单的一句话或者是一个动作，就是这样简单而且毫无预兆。

所以，你还觉得一个辅导老师说"嗨，你可以试着考考庆应大学"这件事情很随意吗？

可能长期生活在各种"阴谋论"的网络环境中，我们多多少少都会对他人的意见产生提防心理。再加上众多"我是为你好"的言论，我们的建议仿佛越来越不单纯。

我也是一样，我一直觉得最美的女孩往往是美丽而不自知的，而我喜欢的善意，恰恰是不刻意而为之的。

回头看《垫底辣妹》里面辅导老师对沙耶加的那个建议，很多人下意识地产生了种种联想，如果不告诉大家这是一部青春励志电影，不知道多少人会对老师的这个建议抱有其他猜测呢？应该很多吧。

很多时候，当我们给予别人建议的时候，的确会有一些不单纯的东西夹杂在里面。这一点我自己也不能免俗，但事后又会非常痛恨。

每每我们在做出这种建议的时候，会忍不住往上扣一个"我是为了你好"的帽子。仿佛这样一来，所有欲盖弥彰的目的全都不算事儿；仿佛这样一来，所有人都是活脱脱的利他主义者。听起来让人觉得很糟心吧？

我很庆幸这个故事里我们没有听到这样的话。故事以一个非常单纯的方式发展下去，甚至有些过于单纯，让人反而觉得不现实了。但我觉得很多时候，我们的生活就应该是这样单纯的，不能因为我们在生活中把这一部分的美好弄丢了，却反过来否认这种单纯美好的存在，这会不会有点狭隘呢？

辅导老师的这个意见，就是一个非常单纯的意见，他把最真实的想法告诉沙耶加，大家可能会觉得有些夸张，但这是他所想的，不是为了讨好谁，这样就非常好。如果某天我给你一个建议，我希望这个建议不是为了你好，而是我能给出的最优方案，仅此而已。

因为职业的关系，我是属于常常被人询问意见的人。不是那个一锤定音的人，也不是那个流程中必不可少的一环，我常常是作为外援来被询问的。感情上的事情也好，学业上的事情也好，我对那些向我提问的人，时常抱有感激的心理。

最为感激的，应该就是那些和我探讨人生梦想的人吧。毕竟梦想是我们生活中最柔软的部分，相当于是被螃蟹硬壳包裹起来的蟹籽蟹膏，也许这个比喻不太恰当，但意思大抵如此。

但是有的时候，我会遇到一些成年人，他们的梦想和我所谓的梦想，稍微有一点点出入，我想简单地探讨一下这个问题。

商业社会最喜欢鼓吹梦想，有的时候也会被我们说卖情怀，仿佛如果没有梦想人就活得像个无头苍蝇一样。再回头看，那些梦想其实无非就是：年薪、职位、名声，这些真的是梦想吗？我宁可认为这些只是我们人生道路上的目标。

我想谈谈关于梦想的一些建议。

我隔壁住着一个弟弟，今年本科毕业，他母亲安排他去机关做事，清闲稳定收入也不差。他跑来向我咨询，我问他想做什么，他说："我的梦想就是年薪百万。"我又问："你都没有想过要做哪个工种吗？"他说："管理吧，高薪资的都是管理阶层。"

很多上了四年大学、面临毕业的朋友都有类似的困惑，大概知道自己想"得到什么"，却不知道自己想要"做什么"，我个人认为，前者就是所谓的目标，而后者才是所谓的梦想。

以前念书的时候，我经常会去打工。我们会刻意把打工和工作区分开来，并不是因为二者薪资的差异，或者是稳定度的差异。很多时候，我们工作的收入并没有打工来得高，这是很正常的事情，但只要有机会，我们都会选择工作而不是打工。我们乐意把以金钱为目的的劳动叫作打工，而把自己真正想做的事情叫作工作。当我们工作的时候，我们心定下来了，因为我们知道，手下这件事情，和我的整个生命有关，我不能搞砸。

梦想和目标之间多多少少还是存在着差距，沙耶加真的考不上第一志愿，那么第二志愿也是可以的。但梦想只有一个，做到了，大欢喜；做不到，心里装着一辈子。正像许多为生活而奔波劳碌把梦想放下的人，几十年后回头看，梦想还是那个梦想，只是岁月如同白驹过隙，梦想未动分毫。

我这样讲，并不是让大家认为想要"得到什么"是件坏事。不，当然不是，恰恰相反，我们人生中有许多时候，是彷徨的、没有梦想的。我的一些学生在大四的时候会不知所措，也正是因为这个。

我们的生活，有一部分时间，没有梦想陪伴左右。但我们活着，不能因为没有梦想就放弃了努力。建立一个又一个目标，能使我们在梦想来临的时候，更有底气去追求。毕竟你只有拥有了五斗米，才能选择要不要为其折腰。

再说那个和我一起聊《垫底辣妹》的学生吧。

这是一个很有趣的男生，明明画画很不错，却时常会因为一些小事感到紧张。刚接触他的时候，他对自己的未来规划一片迷茫，那段时间也是他最紧张的时候。

经过了一阵子的接触，我目睹了他的成长，渐渐地，他就不那么紧张了。

今年，他被美国好几所优秀艺术大学录取，最后他选择了纽约视觉艺术学校，很多人可能并不了解这所学校。在《奇葩说》第三季里面，王嫣芸曾经举了一个例子，说她身边的朋友是如何帮助某位同学去追求理想，进入了一所特别优秀的大学，这所大学就是纽约视觉艺术学校。

即便是现在，我的这个学生也时常对自己未来的方向感到迷茫。但他在纽约机会最多的艺术学院里受到最好的教育，他达成自己一个又一个目标。某一天，他真正的梦想来临的时候，我想，他至少不会是惴惴不安的。等风来的时候，他就能飞得更高。

有趣的是，我这位学生的申请计划里原本是没有这个学校的，他申请纽约视觉艺术学校正是因为我某天在闲聊的时候说："纽约视觉艺术学院挺适合你。"特别随意的一句话，并不是胡诌，也不是瞎掰，只是我下意识觉得这会是一个不错的目标。后来他以此为目标，我也帮着他一起准备，折腾了将近三个月时间，最终拿到了录取通知书，同时还得到了美国其他几所大学的奖学金。

我在想，这个世界上会不会有一种非常不经意的善意，名字叫作：我不是为了你好，但你却因此变得更好。

我也曾想过一了百了

文/溺紫

我曾想死，是因为海猫在码头鸣叫。

随着波浪一浮一沉，叼啄着过去飞向远方。

我曾想死，是因为生日那天杏花开放。

若是在那炫目阳光下打盹，能否化为虫之死骸和土壤。

5月的一个凌晨，我又听了一遍中岛美嘉的《我也曾想过一了百了》，2015年演唱会的版本。中岛美嘉在演唱会上说："一开始拿到这首歌的时候很震惊，不久后，眼泪止不住地掉下来。"

很多人跟她一样，听到这首歌的时候，眼泪再也不听使唤，也许是因为谁都经历过那段绝望的曾经。

最近，汤唯也翻唱了这首歌，网络上有各种评价，有人觉得汤唯唱出了这首歌的温情，有人觉得中岛美嘉才是用了真感情。双方掐得如火如荼。我觉得，会有这样的审美差异，可能并不是汤唯和中岛美嘉唱功的问题，问题可能出在听众身上，因为听众有着不同的经历，对歌曲也有了不同的解读，所以才会产生理解上的差异。

汤唯唱的是歌词里面那种救人于绝望的爱情，而中岛美嘉所唱的，并不是爱情，是她人生的写照，是她与她梦想的一个故事。紧紧拽在手心的东西，转瞬间，不再属于自己。这种感觉无法叫人撕心裂肺，但是极其烦闷，头痛欲裂却无处发泄。我想我们很多人都有过类似的经历，是一种在人生的低谷挣扎的经历，却不能为外人道。

大家可能都知道《奇葩说》里面的范湉湉，听她说了很多过去的事情，我不禁慨叹，并感同身受。后来我去查她的资料，发现她所经历的远远不止她讲述的那些，2000年的时候，范湉湉就参加了《少林足球》选拔，表现优异，两年后签约星辉公司成为旗下艺人，参演了电影《功夫》，当她在周星驰的《功夫》里面演出，她觉得自己可以正式出道的时候，却迎来了人生的低谷，公司把她雪藏，梦想遥遥无期。之后，范湉湉就像她在《奇葩说》里面讲述的那样，做前台、做行政，一直熬过了这十年期的合同。和星辉公司十年的合约到期，范湉湉开始重新出现在演艺圈，她参演过《爱情公寓4》，根本没人认得出她，直到参加了《奇葩说》才被人们所知晓。她满怀愤慨地讲述着自己那些惨痛的经历，那些卧薪尝胆的岁月，她开玩笑说自己想过自杀，错喝了花露水，结果酒精中毒送医院，听起来像个段子，但也是个有血有泪的段子。

谁都有过那种绝望的曾经，我们憎恨自己没有完成目标，埋怨自己在人生的路上被绊倒，我们无法原谅自己稍纵即逝的岁月。

我们可能都想过要一了百了。

前几天，微博上有人给我留言，说她是看我文章长大的，今年出了第一本书。我高高兴兴地转发了她的书，发自心底写了祝福。回头坐下来一想，真是百感交集，我昨天还打算穿个洋装上街晃悠，今天就觉得自己是不是该换件老头儿背心。细细想来，我的第一本书是2006年在台湾出版的，这样算我也已经写了十年。

四年前，我写了一本脑洞大开的书叫《迷宫街物语》，得大家错爱，卖得很不错，一时间让许多人了解到我，公司也希望我能够多写几个续集。当时我很高兴，以为可以顺势让写作成为主业，但我没想到那段时间经历了人生比较大的转变，决定去读研、工作，几乎是放弃了写作。当我再次想提起笔的时候，公司告诉我——

"对不起，我们已经培养了更好的作家。"

"我们可能不太需要你的风格。"

"你那本书已经太久了，不可能再出续集。"

一放，就是四年过去。这四年间我没有写过任何书，就像很多消失了的作者一样，我忙碌于自己的生活，焦头烂额，根本没时间再去顾及曾经的梦想。难得闲暇时候，深夜，我会看梁文道的节目《一千零一夜》，也看同一个系列陈丹青老师的《局部》，我觉得他们真的很幸福，可以沉浸于理想的世界，我只能"高山仰止，景行行止"。现在想来，除却他们本身极高的造诣与才华，他们付出的也远比我要多。在他们饱受挫折的年纪，我却在无病呻吟。

"文革"时期，陈丹青被取消上海户口，插队落户到苏北，他说："那是一段很绝望的记忆，我觉得天都黑下来了。我上海大都市长大的，当时待在那种环境里，真是无法忍受。就那么一个油灯，我们三个男孩子挤在一张床上，我记得一晚上几乎都是醒着的。几斤重的老鼠，整夜在我们被子上窜来窜去。第二天早晨下雨，那种雨水打在瓦片上的声音，听着让人感觉茫然一片。然后，出来叼根烟，看着不远处的秧田、四月份雨中的山，就是满脑子的绝望……"

我根本想象不到那是一种怎样的磨难，因为我不曾经历。我责备自己连想要的那零星的愿景都不去努力实现，很多个晚上夜不能寐。当我听到中岛美嘉唱出那首《我也曾想过一了百了》的时候，只在一瞬间，衣服领子就湿了。

她那么用力地去诠释这样一首看似是描写爱情的歌，就如同一百个人眼中有一百个哈姆雷特，她是有自己的原因的。

我曾经看过中岛美嘉在节目《Another Sky》的专访。

她说："从日本来到了纽约这座城市，其实是因为会被别人责备，说自己作为歌手不努力唱歌，因为不能好好唱歌，所以自己的病情从未对谁提起过。"

当时中岛美嘉被检查出耳疾，这极大地影响了她的歌唱，这种疾病甚至可能终身无法治愈。因为无法治愈，她将面临一个无法再唱歌的未来，中岛美嘉也曾有过放弃当歌手的想法。当时大家都对她说："要不然先休息一段时间吧？"后来中岛美嘉像是逃避现实一样来到了纽约。

她在节目里说："虽然现在是笑着说这段经历，但是当时的生活真的非常迷茫……看不到未来，每天都在哭……"

她曾经尝试接受声音训练，但耳朵的疾病已经开始严重影响她的歌唱，单独训练声音没有任何效果。她没有一天不在责备自己。

我们都会责备自己，责备自己不够努力，付出得不够多。我想，这是我们都曾经历过的事情。

我有一个故人，说故人是因为我们后来断了联系。这个故人曾经拥有我无法企及甚至无法想象的财富，但是因为他儿子一连串的失误，他的家业几乎是毁于一旦。他曾请我在中国城吃饭，把他的故事讲给我听，我一个外人听完都觉得痛心疾首，但他诉说这段过去的时候，却非常平淡，平淡到像是讲述电影或者小说里面的事情。

他说："重新开始新的人生，首先，从宽恕自己的失败开始。"

这种宽恕并不是那么简单，也许要花一年、两年、三年、五年或许更久的时间，但我们必须这样，否则，我们只能继续活在失败里面，我们很容易想要一了百了。

我的这位故人现在也常在中国城晃悠，没事喝喝茶，跟路人聊聊天，他还喜欢养花，我回国之后就与他断了联系，但我一点儿都不担心他，我知道他已经重新开始了他的人生。风雨过后，我们允许自我调侃。允许自己曾经的摔倒与失去，我们平静地面对，这样我们才会开始新的人生。

放弃写作的四年后，我也开始宽恕自己。我曾经的读者渐渐忘记我。我觉得被遗忘是一件理所应当的事情，毕竟我没有付出相应的努力。我渐渐接受这个现实。因为年纪的关系，我群里有许多昔日的大神，现在跑去做了会计、电商，我与这些大神相比，比较幸运的是我曾经也只是一个无名之辈，没有那么多包袱，放下写作这个爱好，就回来继续写，没什么大不了的。

于是，今年我签下人生第一本旅行书，我走过大半个地球，却从来没有写过发生在我身边的事，这是第一次，是宽恕自己失败之后的第一个开始，也是对过去的一个交代。我开始写漫画脚本，参与动画剧本，尝试许多曾经来不及尝试的新鲜事物。虽然，与以前相比，苦得多，累得多，收入少得可怜，我的心却不再责备自己没有为梦想而努力。

我们没有选择一了百了，我们宽恕自己。我们选择战斗、坚持，我们选择活在这个薄情的世界上。

中岛美嘉说："但我还是选择坚持训练。"

在她接受耳疾的现实之后，她练习瑜伽、坚持治疗。奇迹发生了，她的耳疾在最近得到康复，她重返歌坛，继续一代歌姬的传说。

"后来发现，这一路走来，这条路没有选错。"中岛美嘉说，"从前对自己唱歌并没什么信心，但是转念一想，我还可以给大家带来我的自信，与其责备自己不能唱得很完美，不如尽力表达自己所想的。"

访谈节目的最后，主持人问她现在最大的目标或者希望是什么，中岛美嘉说："我希望能保持现在这个样子。"

就像歌词里唱的——

因你这般的人存在这世界，
我开始有点喜欢这个世界了。

中岛美嘉的歌里，这个"你这般的人"指的就是她自己，谢谢自己没有放弃，谢谢自己宽容对待自己，因为有这样一个自己，所以才开始有些喜欢这个世界。

少一些"关心"可能会更好

文/溺紫

我弟弟今年十五岁，每次带他出席一些活动、聚餐的时候，他总是频频被人问及"长大以后想要做什么"。他一开始总是如实回答，梦想是成为一个职业电子竞技选手。长辈们听到答案不是"医生""科学家"，而是"打游戏的"，纷纷摇头，认为那只是他想要玩游戏罢了，都是借口。后来我弟再听到这样的问题，大都只是随便回答或者沉默。

我知道长辈们的出发点肯定不是恶意，他们希望自己的晚辈能够有出息，他们所问的问题也都是出于善意和鼓励。但我们的"关心"是不是可以稍微克制一些？我们是不是可以不要那么操之过急地对孩子的未来下判断？毕竟我们不知道十年、二十年以后电子竞技会发展成什么样子，我们也不知道这个孩子究竟有没有能力成为一名电子竞技职业选手。

在生活里，许多孩子多多少少都面临过类似的处境。一开始，大家都乐意跟人分享自己的想法，甚至让人感觉有些话痨，当他们提出一个自己对于未来的构想，有的长辈会给予鼓励，有的长辈会给予很多自己的人生见解。对长辈而言，这些孩子就像是曾经的自己，将要走和自己同样的道路。但事实上，并不是，他们身处完全不同的时代，他们的性格和追求也与我们不同，为什么要用我们的标准来评判他们的未来呢？

我们的关心，可能需要一点界限。

在我们的生活里，除了小朋友会被问及这个问题，还有一些刚踏入社会的年轻人，他们也饱受"梦想"这个问题的摧残。即便是成年人，他们的理想还是会得到各种质疑，也许他们面对质疑自有一套，可这种质疑一旦以爱为名，成年人也会变得无所适从。

反驳？不太好。毕竟这是爱。

顺从？不甘心。我已经是个成年人。

所以，有一部分人渐渐习惯了用荒唐的、夸张的、讽刺的语言来回答关于梦想的问题。前阵子有句话挺火——"我工作就为了钱，不要跟我谈梦想，我的梦想就是不工作。"我知道是在说笑，可哪怕是说笑，难道不是一句很可悲的话吗？

说出上面那句话的人我并不认识，但我想这个人应该是在工作和生活中经历了无数关于梦想的疑问，才会让其爆出这样的"金句"。这句话却让我很怕，怕会影响到一些正因梦想而迷茫的年轻人，让他们误认为"不工作"也可以是梦想的一种形式，怕他们自己某一天会把这句话当真。

我想告诉大家，说出这句话的人，他并不是没有理想的人，他的理想也绝对不是"不工作"，只是因为长时间受到来自社会各界的

"关心"，这句话是他对于这种"关心"或者"鼓舞"的挑衅，仅此而已。

在朋友圈和微博疯转这句话的时候，我希望能够使得一部分人清醒。我希望，我们的关心可以稍有改变。

我们的关心，可以只是闲聊——年轻人，你看，这个世界日新月异，有那么多话题，我们可以聊超级英雄、世界和平，也可以聊超市物价、美图诀窍。一起谈天，何尝不是一种关心？这是"陪伴"啊，我们人类对彼此最大的关怀，但总被人轻易地遗忘。

我现在还记得，我弟弟第一次回答"你长大以后想要做什么"这个问题时的样子。

他说他想成为一个职业电子竞技选手，这时候他眼中的那种雀跃和欣喜，是我们不再拥有的。可不可以让他多拥有一会儿？

就从我们这些长辈对于"长大以后想要做什么"这个问题的态度开始。

2014年的时候，帕尔哈提在"中国好声音"的舞台上唱了一首歌，我特别喜欢，听他讲完自己跟音乐的渊源之后，我沉浸在一种仿佛周身都是草原的自由气息之中。这个时候某位导师十分亢奋地问："告诉我们，你的梦想是什么？"

我有一瞬间愣了。我觉得仿佛不太礼貌，听起来也很别扭。刚刚我们还在聊草原上的那把马头琴，那么平静美好，一下子就激情四射地谈起了梦想。后来朋友告诉我这是节目的必问环节，而且几乎都是由这位导师来问。我不是很明白，他来唱首歌、交个朋友、露个脸，你却一定要紧追不舍地问："嗨，你的梦想是什么？"

最后帕尔哈提还是说："我其实没什么梦想，我就是做自己的事，很认真地做自己的事，梦想就自然而然地来了。"

我有一个朋友，很喜欢参加各种选秀，结果都没怎么成功，但这个人特有趣，经常有人问她类似的问题，不太相熟的人，她会说："梦想这么隐私的事情，我不想拿出来分享。"

"我只是关心你呀。"对方这样说。这样就很尴尬了，仿佛我这位朋友是一个随时散发出恶意的人。

我们都建议她改变一下语气，同时我们也一致认为，这个事件之中，明明压根不存在恶意。一方是关心，另一方是保护自己隐私，有错吗？都没有。

梦想，不是没有，是不太想把它作为谈资。人，相识即是有缘，朋友之间可以谈天文地理、明星八卦，总是把梦想挂在嘴边，在我而言是一件很疲惫的事情。我们人生不是每个阶段都有梦想的，但如果我们有了梦想，即便不闻不问，也会在心里滋长出一棵参天大树，最后是轰然倒地还是郁郁葱葱，全都取决于我们自己的努力。见人就谈梦想，对这棵大树是没有任何意义的，没有营养，也没有水分。

不能因为这是我们的关心，就肆无忌惮地折腾梦想。关心，是有尺度的。如果我们把梦想当作是一种隐私，这样的问题就会少很多。但现在的情况，我们的梦想不仅仅不是隐私，更仿佛是一种娱乐产品，任何人都可以拿来消费，所以才会有这样的矛盾。

蔡崇达的《皮囊》里有一段广为传播的话：

厚朴，或许能真实地抵达这个世界的，能确切地抵达梦想的，不是不顾一切投入想象的狂热，而是务实、谦卑的，甚至你自己都看不起的可怜的隐忍。他不知道，最离奇的理想所需要的建筑素材就是一个个庸常而枯燥的努力。

我一直觉得，这才是梦想本该有的样子。追逐梦想的路途本来就不是康庄大道，我们大多数人经历的正是这样一条看起来有点不堪的道路。

我想讲一个发生在我朋友圈的故事。

一天深夜，我看到曾经的同学小花发了一条感叹自己前途渺茫的朋友圈。

这个时候，我另一个同学小田回复道："去银行吧。"

她们曾经是很好的朋友，寝室里同进同出。我们都是金融系的，小花跟我比较像，念完金融实在不爽就又去学了个艺术，现在在做服装设计；小田家里有一些关系，靠着关系进了银行。小田是出于善意，觉得小花的家境在银行拉拉存款可以混得非常好，何苦要做死做活。于是一连好几天，小田都会在小花的朋友圈下面留言，小花那时候的状态的确不怎么好，也有一些抱怨，但最后还是撑了下来。

后来，我有一阵子没有看到小田回复小花，才知道小花把小田屏蔽了。将近七年的相处，她们本来是很好的朋友，因为这件事情再也没有联系了。小田的出发点是好意，她愿意用自己的人脉为小花拓展一条顺利的路，她不忍心看到小花吃苦。但她忘记了一件事情——那是小花的人生，而不是她的，她这种"关心"已经成为一种负担。

我们总是采访成功人士的悲惨经历，但关于那段曾经的资料总是少之又少，每次都很苦恼。大家都可以猜到那是一段如何的曾经，但还是十分感兴趣，想从中找出些许不同，成为自己成功路上的指路明灯。

当事人为什么没有留下太多艰苦时候的记录呢？很多时候，应该说大部分时候，我们都有藏拙的心态。不太愿意把自己风尘仆仆的一面展露出来，风光的时候从来不畏惧任何镁光灯，但不堪的时候，一点路灯都不想见到。

我的意思并不是说在当事人功成名就、达成梦想的时候，那个时候，大家肯定非常乐意分享自己的过去，写传记、拍电影，巴不得全世界都知道自己曾经的苦。而在真正经历那段苦楚的时候，一般人是不太乐意被全世界的人盯着看的。

我们在为一件事情努力的时候，必定是风尘满面的。薛之谦说他做火锅、卖衣服，起早贪黑去市场里进火锅食材、没日没夜地去面料市场选布。会为了几块钱而去讨价还价，但做音乐，十万就十万，二十万就二十万，他不会讨价还价一分钱。

不光是薛之谦，我有许多做服装设计的朋友，就像小花，她们在秀场上一个个都是光鲜亮丽，但做衣服的时候是怎么样的呢？工作室尘土飞扬，设计师七天不洗头，助理人比黄花瘦。

这些我们都是后来才知道的，不会一开始就看到，原因很简单，这些当事人们并不愿意让人看到这样的自己。

为什么会污泥满身？例子不胜枚举，道理只有一个，**在这个世界上，对万事都可以泰然处之，冷静理智，"物来而应，过去不留"，但唯独梦想，在追逐的时候，任何人都没有那种从容，也没办法顾及太多。原谅这个人时常不够体面，因为他／她可以怠慢自己的妆容，**

唯独不敢怠慢自己的梦想。这个时候，无论是作为粉丝还是作为朋友，让他做自己的事，不要被拘束。

现在小花的品牌虽然没有大红大紫，但客源稳定，混得远比银行拉存款要好，但这都不是重点，重点是她经历了不堪的部分，逐渐开花结果，这才是我们所喜闻乐见的。

我作为一个薛之谦的粉丝，心疼他所经历的，我没有能力去帮助他，我能做的只是买他的ＣＤ。我作为小花的朋友，我能做的只是在秀场给足她面子，买她的衣服。

我心目中的关心，就是这么简单。

你本来有一个机会可以更好

文/溺紫

2016年，我们引进了一本无聊的畅销书，叫《我的人生解答书》。这本书教人们内心想一件事然后翻阅到随机的页面，这页上的话就是人生的答案。

我不太喜欢这样的商业玩笑。

我因为工作的关系，经常会和一些工作不顺利的女孩聊天。她们面对各种各样的社会压力和自身问题希望得到解答，久而久之，我们发现只有真正经历了的人，才有自己的人生答案。

我的朋友乔晓晓，今年刚满三十岁，整个人精神焕发，她总踩着一双中跟鞋，不会显得太随意也不会显得太锐利。

三十岁之前，乔晓晓一直都不太高兴，她常问我一件事："究竟什么才是适合我的？"

我替她想过，甚至从她大学毕业后第一份工作开始分析，最后还是无果。

乔晓晓有上进心，工作努力，没有跳槽过太多次，至今为止做过三份工作，但这三个工作却在完全不同的领域：金融、传媒、IT。

我问她："怎么能驾驭得了这么大的转变？"

乔晓晓却说："这有什么难的，工作比学习更简单。掌握了一定的基础技能之后，每天再花一定时间学习新的知识，肯定能得到相应的成绩。"

乔晓晓从小生活独立，她有非常强的学习能力，高考成绩在我们省前一百名内。对她而言，任何工作都可以得心应手。

但工作的顺利并没有让乔晓晓觉得满足。相反，她常常觉得自己的能力没有尽善尽美地发挥出来。她觉得自己可以去尝试新的挑战。

乔晓晓适合的东西太多了。但适合你的东西恐怕只有你自己能找到。

乔晓晓没有放弃寻找那个她最理想的工作。

乔晓晓二十九岁的时候再次考虑转变职业。她去面试了一家她心仪已久的手机阅读公司。负责人C先生十分看好她，面谈了将近三个小时。

这位C先生很喜欢乔晓晓，欣赏她的能力，愿意把她安排进公司的核心岗位。在面谈的过程中，C先生对乔晓晓过去的工作产生了兴趣，两人谈话之后，C先生对乔晓晓说了这样一句话。他说："你有没有尝试假设过，你自己最喜欢的就是现在这份工作？"

C先生并不是站在一个面试官的立场，而是站在一个过来人的立场对乔晓晓提出这个问题。

乔晓晓显然从来没有做过这样的假设。

她一直在追求、寻找一个她最热爱的、最期待的位置，从来没有想过要改变自己的想法。

　　C先生认为乔晓晓很优秀，但她缺乏的是一种坚持的力量，他认为许多事情要经历过时间的磨炼才能辨别其中的好坏，而乔晓晓还未来得及面对这些，她就已经离开了。

　　C先生说："你二十九岁了，不是二十二岁，你应该选准方向拼搏。否则你再优秀都无济于事。"

　　就好比是南辕北辙，乔晓晓每一次改变路线，都是离她的目标更远。C先生希望乔晓晓不要再迷茫于鳞次栉比的高楼大厦之间。没有梦想的工作，可以制造一个。

　　是时候该做一个改变人生的假设了。

　　跟乔晓晓类似，我的另一个朋友也做过许多行业的工作。她叫阿秋，今年二十五岁，现在做客服的工作。

　　阿秋和乔晓晓的情况相似却不同，阿秋没有乔晓晓那么自信，她换过几份工作，原因是薪水太低或者同事关系复杂。阿秋对于理想的工作目标很清晰：一、薪水能够保证她的生活；二、不要有太复杂的人际关系；三、相对稳定。

　　可以看出，对于工作本身，阿秋并没有太多的要求。

　　也许，许多人觉得阿秋的目标太低，这样的工作并不难找。但事实上，她遇到的麻烦也并不比乔晓晓少。

　　阿秋毕业之后，投了很多简历，面试过十几家公司，最后在亲戚的介绍下进入了一家国企的外包公司。她做事勤奋，脚踏实地，但两年过去，这家公司却一直没有提供给阿秋任何提升机会，甚至连加薪都没有。这让阿秋觉得很失望，如果不加薪，现在的薪水其实并不能满足阿秋的基本生活。于是阿秋决定跳槽。

在阿秋的跳槽过程中，我曾经转发给她一个很有趣的纸雕比赛。阿秋从高中开始就玩纸雕，所以技术算是很不错的。比赛海报上说：赢得比赛前几名，不光有奖金，还有机会留在主办公司工作，而正巧这家主办公司，我和阿秋都非常喜欢，是他们的忠实用户。

我问阿秋："既然你要找工作，怎么不去参加这个比赛呢？"

阿秋摇摇头，她认为这是大海捞针的概率，她没有这个运气。

此后，阿秋还是不停地寻找一份她理想的工作，只要是满足她那三个要求的，她都会发出简历。有那么一两个月的时间，我每周都能看到阿秋去面试的消息。

两个月之后，阿秋还是没有找到合适的工作，转而去了朋友公司做客服。阿秋的朋友是公司里的人事主管，所以在待遇上给了阿秋一些优待，但即便是这样，客服的薪水还是十分微薄。

在阿秋工作的这些年里，曾经有很多次不同的机会。

去年，有一位尝试做自媒体的学姐招聘助理，她很想去，但是那位学姐也是刚起步，无法给她交五险一金，她有些犹豫，害怕学姐可能会创业失败，自己的时间就这样白白浪费，最终选择了放弃。事实证明，那位学姐后来很成功，成了一名名副其实的"网络红人"，她也从来没有亏待过自己的助理。

我常常跟阿秋说："你去试试，去争取一下吧？你不是挺喜欢那个工作的吗？"

但是阿秋却始终不敢迈出这一步。她不认为自己会是那幸运的万分之一，所以与其让自己失望，还不如从开始就把自己摆在一个最安全的地方。

我的身边，还有很多像阿秋一样的女孩，她们很努力、很用功，但对于自己总是缺少了那一点点自信。

但是，女孩们，如果别人看不到你们，你们再努力也是徒劳的。

那如何让人能看到你？

不要管自己是否抢眼，不要管周围的情况是否险峻，首先是要把自己放在货架上。

货架上永远有一个空缺，你不去，怎么知道自己行不行？

阿秋现在还是在朋友的公司里面做客服，起初还算不赖，因为薪水比原来涨了一些，现在因为加班繁重，她又开始有些抱怨。

阿秋问我："为什么你总是写作到很晚，周末还要去带学生，你却好像一点都不觉得辛苦？"

我想了想，大概是因为我所做的事情是发自内心的喜欢吧。无论是写作还是教学都是我很喜欢的事情，即便是加班，我也没有那么多抱怨，因为我知道我在做自己想做的事。

村上春树说："我那个人的、顽固的、缺乏协调性的，每每任性妄为又常常怀疑自己的，哪怕遇到了痛苦也想在其中发现可笑之处的性格。我拎着它，就像拎着一个古旧的旅行包，踱过了漫长的历程。我并不是因为喜欢才拎着它。与内容相比，它显得太沉重，外观也不起眼，还到处绽开了线。我只是没有别的东西可拎，无奈才拎着它徘徊彷徨的。然而，我心中却对它怀有某种依依不舍的情感。"

每个人都无法抛弃自己最本质的性情。我们能做的就是接纳自己，接纳自己的梦想和性格，然后以最让我们满足的方式活下去。

阿秋听我说完，似乎若有所思，但我不知道她将来会有怎样的变化，只能拭目以待。

倒是乔晓晓真的改变了很多。

她后来没有去C先生的公司，而是在她现在的公司继续坚持了下来。

时间累积，她在工作上遇到过不少问题，一切并不如她刚接触这份工作时候那般行云流水，她靠着自己和同事的力量克服了一个个难关之后，乔晓晓发现自己不光是喜欢这份工作，还喜欢与自己共事的同事们。三十岁的乔晓晓，很快乐。

我们每个人的人生都有自己的步调，甚至连我们的整个人生都是在探求自我的过程。

了解自己一点，自己就会更完整一点。

无论在什么年纪，都尝试着尊重自己的意愿，而不是去依靠什么《我的人生解答书》吧。所以你的答案，只在你自己的手里。

我们在这里就是为了改变这个世界

文/溺紫

这是我在一次关于艺术与梦想活动中的演讲草稿，未想过要将它公开，后来和X小姐几次商谈之下，我决定将它重新整理出来做成文稿。

希望下面这些话能够帮助到那些正处于迷茫的人。

毕竟我们也都曾在那个路口，迷失过，彷徨过。然后我们幸运而又坚强地站在了这里。

淮海中路上有一间小洋房，常年摆着一把吉他，几件尚未开始缝制的样衣，二楼摆着一架钢琴，没有设防，谁闲下来都可以去弹上一曲。后院有一处天井，晴时可以摆出桌子去吃茶，三五成群，你来我往。

如果我不说明，很少人会猜到这是一所学校。

"我们想在上海市中心建一所分校，有天井，有落地窗。"X小姐曾经跟我提起这个构想的时候，我喜出望外，我没想到的是在半年之内这个构想就得以实现。

这所学校每年都会送出许多学生到世界优秀的艺术学院，比如罗德岛设计学院、爱丁堡大学、伦敦艺术大学，等等。

X小姐告诉我，现在学校有四个分中心，2016年预计开设二十个全新的校区。看到现在如日中天的光景，很难想到这间学校的创立之初，X小姐和她的合伙人其实吃尽了苦头。

2014年，X小姐和Z先生决定创建一所艺术留学的培训学校，学校创立之初经费非常紧张，只租得起一个教室，由于各方条件的限制，最后他们决定在中山公园的一家语言培训机构里租用教室。

所谓的租用教室，就是类似在别人家的公司里租一个办公室，上门来访的客户很尴尬，常常搞不清楚。

也正因为如此，不少学生的家长不看好这家只有一个非独立教室的学校，不舍得把孩子交给他们。X小姐自己也开始有些动摇，但咬牙还是坚持了下来。

两个月后，他们签到了第一个学生，这让他们再次坚定了信心。

学校的第一个学生是一名想学习服装设计的大二女孩，只可惜最后因为家里不同意她学习服装，她最后选择了退学。

得到了学生的肯定之后，那些小小的挫败就无法将他们打败。

X小姐意识到没有独立教室不是办法，于是她通过老师的关系租下了东华大学的材料楼。

虽然开始的时候只有几台缝纫机，只请得起兼职老师，但也算是有了一个像样的教室。

从那时候开始，学生和家长也逐渐给予了信任，并渐渐开始有了不错的生源。

X小姐告诉我，她在之前也做过一些艺术类的培训，但总觉得教学放不开，氛围也和她在国外的时候大相径庭，艺术学不比商科、理科，如果连放开都做不到的话，是没办法做出好作品的。所以得有这样一所学校，让孩子们可以玩着上课。

她的这个想法在当时很难实施，一方面是因为场地和资金，另一方面是因为家长的观念，总认为孩子只有在课堂里才能学到东西。

"总要有人来做这件事情的。不是我们，也会是别人。"X小姐说。于是，她和Z先生就着手创建了这所可以"玩着学"的学校。

今年，X小姐在微博上看到不下十位大学生因毕业设计作品涉及抄袭而被取消学位证书。每次看到这样的孩子，X小姐都会痛心疾首。为什么要抄袭？他们难道不想展现自己的才华吗？

但细细想来，问题可能不全在这些孩子们本身，教育者也应该反思。在我们的身边，大多数国内院校的艺术教育水平和国际院校都存在着一定程度的差距。

青年导演毕赣在一次演讲中，提起过一件事，使我深有感触。那个时候他辞去了婚庆公司的工作，老板在身后骂他："有才华又怎么样？靠才华能有饭吃吗？"

仿佛在我们的世界里，展示才华和吃饭是一件对立的事情。

甚至，那些关于才华的梦想都成了北岛在《波兰来客》里写的那样："……那时我们有梦，关于文学，关于爱情，关于穿越世界的旅行。如今我们深夜饮酒，杯子碰到一起，都是梦破碎的声音。"

我和X小姐都曾经是艺术生，看过太多才华横溢的同学败兴地屈服于生活。因为我们这些人虽怀揣星辰大海的梦想，对未来却是一无所知的。

所以，X小姐开始意识到，教育者的责任并不光是教会他们某种技能，而是在漫长的人生道路上为他们正确地引导方向。显然很多时候，我们的教育做得并不够好，因此更需要有人来帮忙做这件事。

我和X小姐讨论这件事情的时候，她说："我希望二十年以后，我和这些孩子无论谈论爱情，还是文学、旅行，他们都是面带笑容，而不是心怀沮丧。"

教育者的梦想，就这么简单。

毕赣二十六岁的时候得到了金马奖。他的老板质疑："有才华又怎么样？靠才华能有饭吃吗？"

他说："可以。"

我希望，有人同样质疑你们的时候，你们可以像他一样，有底气地说出这句话。

讲到这里，我忽然想和你们分享一些我在X小姐身边遇见的人。

首先是M小姐。

在X小姐的学校创业之初，除了Z先生，还有一位功不可没的M小姐。她从谢菲尔德大学毕业后放弃了年薪四十万的工作，直接加入了这个小小的、收入极其不稳定的创业团队。

她霸气地一手包办了学校建立之初，所有的渠道问题。

M小姐原本有机会吹着空调在上海最繁华的金融区谈笑风生，却选择了一条完全不同的道路。对于M小姐而言，她从来没有后悔过。她说安分守己谁都会做，激流勇进又有几个人敢？她人生的使命就是激流勇进。

再来谈谈一个有趣的男高中生。

2015年有一个学男装的学生来上课。课程咨询的时候，老师按照惯例问他将来想做什么。他的回答是："我想改变这个世界。"

当时，老师们都觉得他很可爱。

乔布斯说："活着就是为了改变世界，难道还有其他原因吗？你是否知道在你的生命中，有什么使命是一定要达成的？你知不知道在你喝一杯咖啡或者做些无意义事情的时候，这些使命又蒙上了一层灰尘？我们生来就随身带着一件东西，这件东西体现着我们的渴望、兴趣、热情以及好奇心，这就是使命。你不需要任何权威来评断你的使命，没有任何老板、老师、父母、牧师以及任何权威可以帮你来决定。你需要靠你自己来寻找这个独特的使命。"

我想那个男生大概没有听过乔布斯的演讲，但是"想要改变世界"不就是大家来到这里的原因吗？

改变固有的教育体制。

改变对艺术的态度。

改变对自己的人生规划。

X小姐的团队把这所学校取名叫思艺。数字写成"41"，英文念成"For one"，意思是为了那仅仅只有一个的梦想。年少只有一次，青春不会回头，我们的人生大多是一期一会。那些想着"我还年轻我不急"的人，在不经意间就错过了最好的时机。

陶杰在《杀鹌鹑的少女》一书中写道："当你老了回顾一生，就会发觉：什么时候出国读书、什么时候决定做第一份职业、何时选定了对象而恋爱、什么时候结婚，其实都是命运的巨变。只是当时站在三岔路口，眼见风云千樯，你做出抉择的那一日，在日记上，相当沉闷和平凡，当时还以为是生命中普通的一天。但一场巨变，已经发生了。"

我们当下做的每一个决定，都将影响人生最终的走向。这并不是要我们小心翼翼地或者摇摆不定，而是让我们将每一个决定都认真对待，都当作是人生最重要的选择，不虚度年华，不浪费人生。

那个宣扬要"改变世界"的男生，自从开始学习之后，几乎每天都在学校打地铺，他为了能在预定时间内把衣服做完，几乎没离开过服装教室。最后，他顺利地被美国一所优秀的艺术大学录取。

以上两位就是我在X小姐身边所见到的人，也许真的有"近朱者赤、近墨者黑"的道理，在X小姐的学校里，我看到过很多勇敢追求梦想的人。

他们不畏人言，不怕失败，把每一天都当成是最重要的一天来过。

我想，也许我们每个人都有上帝给予的天赋。就像他们说的，这个世界没有庸才，只有放错位置的天才。而我们又太轻视自己的天赋，总是被各种外界评论压抑得苦不堪言。我始终不知道我的这些话对你们是否有帮助。但我知道，你们比我年轻，比我有朝气，比我有活力，为什么不在风华正茂的年纪，像X小姐那样，做一件需要有朝气、有勇气、有才华才能完成的事情？

毕竟，我们在这里就是为了改变这个世界。

Part 4

无论是生活，还是爱情，恐怕没有人都永远一帆风顺。行走世间，我们不得不面对太多的诱惑与抉择，但是不管做什么选择，摆出什么脸色，都应该想想在最开始的时候，你到底想要怎样的生活，你追求的到底是什么。

感谢你的不娶之恩

文/溺紫

"我真的很恨他。"

某天我打开微博，一个女孩发了十几条留言给我，满满当当。她跟我讲述了她的遭遇，她现在大二，男朋友脚踏两只船，还是跟自己同宿舍的女生，几乎每天都要面对他们，生活过得苦不堪言。

每次，有人在微博上，发私信问我如何面对伤害自己的人，我都会想到一个人，她的名字叫苏周。

我认识苏周已经有七年，刚认识那会儿，她正准备结婚。苏周曾经有一个梦想，她希望二十五岁之前能嫁给一个好男人。

那年，她刚从伦敦政治经济学院毕业，前程似锦，但她却放弃了英国毕业两年的PSW工作签证毅然回国。她告诉我要去相夫教子。对我而言，这是一件值得祝福的事情，于是满怀欢喜地送她回国。她的未婚夫因为一些事情要晚她几天回国，苏周打算先回国打点婚事。结果她刚回国，她的未婚夫就失联了。

没错，失联。

没有在外地工作并且恋爱的人可能不太理解，一个人好端端的怎么会失踪？他的亲戚朋友呢？事实上，这样的人并不占少数，在外地工作、学习，身边朋友流动性大。成年以后，人们更在意自己的私人空间，所以谈了几年恋爱，他们的共同好友可能就那么一两个，更别说家人，都在千里之外。

于是，苏周的未婚夫就这样音信全无。她试图去问他的朋友，一个个也都像躲债一样躲着苏周。终于联系到了一位和苏周在同一城市的朋友，对方支支吾吾，只是告诉苏周不要再找他了，这个男人不值得。

苏周心里难受，却没有开始那么焦急，至少确定了未婚夫的人身安全。

苏周告诉我，她回国之前，他们还有说有笑，毫无征兆，而从她下飞机的那一刻开始，未婚夫就再也没有回过她的消息。她觉得很不可思议，从伦敦飞回国十几个小时，他怎么会有如此大的改变？

当然，他的改变不可能只是在这十几个小时，而是日积月累。

瞒着苏周，她的未婚夫私底下为自己申请了PSW签证。等苏周离开之后，他换了电话，搬了家，造成人间蒸发的假象。而他为了安排这一假象，花费了好几个月的时间，只等她安心回国。

因为苏周留学签证已经快要到期，要来伦敦找他也得再次申请旅游签证，这点时间足够他搬家。他这样心思缜密，难怪苏周毫无察觉。

我来简单描述一下苏周。她安静乖巧，我们聊天，她也很少参与。她这个人比较容易走神，并不是不合群，是她学业繁重，脑子里大多时候都是论文报告，了解她的人自然不会去打扰，但新朋友见她这样多多少少还是会有些不满。苏周这个人很简单，专注起来旁若无人，可能这就是为什么她能考进伦敦政治经济学院这样优秀的学校。

即便苏周是个学霸，她回国的那一阵还是彻底迷失了方向。

苏周告诉我，她不知道自己想要什么，一切都是空空如也，她的婚房，她的事业，还有她的本应该戴着戒指的无名指。

苏周问我："分手很难吗？为什么不敢跟我说清楚？"

我确实认识一些比较胆小的男生，不敢跟女朋友发表自己的意见，然后东窗事发闹得分手，但她的未婚夫真算得上是个中翘楚。居然处心积虑把她骗回国，自己玩起了失联。我以前觉得一个人懦弱只会伤害自己，但原来懦弱也是一种恶，它的伤害甚至远远超过刻意为之的恶。

苏周回国之前基本都计划着结婚的事情，家里的亲戚见面就是问："男孩什么时候回来？"她要向身边每个人解释发生在自己身上的事情，讲得她心力交瘁。同时，还要面对接踵而至的相亲。

她有一整年的时间极度消沉，几乎不与我们说话，好几天不出门。父母为她找了工作一定要她去，她去了却是草草了事，出现了不少纰漏，领导气得跑来找她父母，父母面子上挂不住干脆让她辞职在家休养。

这些年，苏周学业优秀，父母因此受到不少家里亲戚的艳羡，而现在一闹，亲戚之间便开始慨叹："这么好的一个女儿就这么毁了。"

有一天，苏周和父母又吵起来，给她找的新工作她不愿意去。她跑出来找人喝酒，某个朋友提起自己公司正在招人，问她有没有兴趣。那是一个刚创业的服务类App，地点在上海，工作不对口，薪资也一般，但苏周想也没想就把自己的简历发了过去，对方看到她的履历简直如获至宝，甚至立刻帮她租好了房子。

苏周说她当时是意气用事做了这个决定，当时的她厌世、愤怒，只想做一件父母不高兴的事情。却没想到，这个不成熟的决定却成了她后来生活的巨大转折。

苏周来到上海，去这个App做了运营，这一做，发现有些意思，她便开始改变了态度，用自己那认真的一面去经营这份工作。可好景不长，公司团队上出了很大的问题，很快就倒闭了。

在苏周有些灰心丧气的时候，曾经的甲方公司对她抛出了橄榄枝，希望她能去做市场，她和朋友商量过后觉得靠谱，又马不停蹄地去做市场。

现在，苏周已经成为那家公司的市场骨干。

苏周自己都觉得不可思议。她给自己想过很多种可能性，却没想到自己会去做市场。如我之前所言，她不是一个善于交际的人，但正是因为她心无旁骛，反而在这个新兴的、缺乏专业人才的行业完美地适应下来。苏周也找到了自己的人生价值和意义。苏周说："当我们正在走的一条路满是崎岖的时候，转换我们的思路，自己想一想，四周看一看是不是有另外的路正在对我们招手，如果有，就别放过。"

后来，我回伦敦的时候，遇见过苏周的前未婚夫，他并不太如意，创业失败，正准备回国。我跟他并不熟悉，是他主动找到我，来问苏周的情况，我如实告知，他沉默许久。

他说当时的他年少不懂事。他知道苏周很认真想要结婚，但他没勇气结婚，他怕苏周生气，怕她来找自己麻烦，所以想用这种方式来结束这段感情。

我告诉苏周后来遇见他的事，苏周不以为意。提起过往，她风轻云淡，还笑着跟我分析了自己当时的问题：

一、她误以为婚姻是人生的全部，倾注了太多幻想。这种幻想在无形之中给对方造成了压力。这和苏周的家庭有关，她出生于一个父母相亲相爱的美好环境，她不知道男女之间的风云际会，她说二十五岁之前一定要结婚，在差不多的年纪碰到他，他许诺了将来，她全都当了真。

二、她盲目的优秀。她学业优秀，但除了成绩，她从来没有真正的追求。所以教授曾经叹息，说她的绩点虽然很高，但论文空洞无力，缺乏热情。

三、太在乎别人的看法。有一阵子，苏周把亲戚朋友的话，当成了衡量自己生活的标准。这直接影响到了她的人生，认为自己被所有人诟病，其实只不过是他人茶余饭后的谈资，根本不需要去计较。

我听她说得可谓条理清晰、意见中肯。

她说那是因为她做了市场之后，习惯换个角度思考每一个问题。她从当事人的立场分析出第一条，从密切相关人群的立场分析了第二条，最后再站在非密切相关人群的立场分析了第三条，条条在理。难怪她的市场分析也是针针见血。

我离开伦敦前，苏周的前未婚夫问我能不能让他加一下苏周的微信，他想道歉。我觉得不太好，毕竟苏周刚刚重新开始自己的人生，但我又觉得我没有资格为她做这个决定，所以还是传达了他的话。结果，苏周欣然同意。

我问："你们俩说了什么？"

她说："他对我说对不起，我对他说谢谢。"

过了不久，苏周的前未婚夫就把苏周给删了，从此正式消失在我们的世界里。因为没想着要去联系他，所以我们也是过了很久才知道。我和苏周都无暇猜测这个男人的动机，也许他是愧疚难当，也许是苏周那句"谢谢"分量太重，总之，他又一次选择了逃避。

有阵子网络上很流行说"感谢你的不娶之恩"，很多时候都是带着嘲讽的意味。但苏周是发自内心感谢这个伤害过自己的人，是他的离开教会她不懦弱、不屈服。

很多人的人生，是从一次失败的爱情开始。

如果没有那段失败的爱情，苏周不会赌气跑去上海，她不会发现自己真正的兴趣所在，不会有现在的追求。因此，确实需要感谢。

两年前，苏周告诉我她有了喜欢的人，和那位前未婚夫是完全不同类型的男人。她的人生逐渐成为自己想要的样子，自己的喜好发生了改变，这个时候，她不用面对"恨不相逢未嫁时"的窘境。这也需要感谢他。

白岩松曾经问证严法师："怎么样去原谅一个人？"

证严法师说："不要怕被磨，被磨的石头会发亮，磨人的更辛苦，它是会消耗的。"

我把苏周的故事整理了一下，发给那个问我问题的大二女生。

并不是要所有人都争破头去做女强人。跟许多奋战在一线的企业家们相比，苏周远远不算什么强人。她有趣的地方在于她涅槃重生后对于过往的态度。

如果有人伤害了你，老死不相往来，让时间来淡忘固然是最方便的释怀方法。只是世上无绝对，也许是机缘巧合造成的误会，也许是情势所迫，也许是万般无奈。老死不相往来，最后成了老死还在逃避。**懦弱和逃避始终不是解决问题的办法，坦然面对才是。**

我希望每个年轻人的生活都少一些荆棘，但生活这东西不由人说了算，当你们遇到那个伤害了你的人的时候，要像苏周一样，霸气地面对，真诚地感谢，潇洒地放手。

爱情，永远不是生活的全部

有不少女生失恋之后找我哭诉，泪水涟涟地说"离开了他就失去了全世界，我感觉我活不下去了"。甚至，有的人以死相逼，寻死觅活，割腕，吞安眠药，爬上楼顶，或是找个安静的河边独自漫步，蹚水试试深浅。好像她爸妈辛辛苦苦生她养她，好不容易长大成人，生命的全部意义就在一个男人身上，离开了他，生活就失去了价值，活着就没有了希望。我不知道她爸妈知道后，该有多么心寒！

还有的女生自暴自弃，失恋之后，深夜到酒吧买醉，披头散发，大哭大闹。以为世界上所有男人都像韩剧中的男主角，看到前女友因为自己变得颓废，会奋不顾身将她从悬崖边上拉回来，让其重新投入他的怀抱。

而现实往往是，他不出手推你一把就是万幸了。曾经一个女生对我说过的话，我至今都记忆犹新："如果说恋爱是天堂的话，分手就是地狱。"

能在地狱里生活下去的，都是魔鬼。

"我跟他六年，我们俩从高二就在一起了。高考过后，我明明可以报考更好的大学，可是为了他，仅仅上了一个普通的一本，但是只要我俩能够在一起，我什么都可以放弃。整个大学时代，我帮他洗衣服洗袜子，他在超市做兼职，我就给他带饭。他偶尔工作忙，笔记我帮他记，落下的课我帮他补，考试之前我将所有重点写一遍复印给他，我为他付出这么多，我很开心。但是没想到，毕业之后，我的梦想就破灭了，我考研没考上，为了找工作忙得焦头烂额。而他顺利进入了一家国企，工作才三个多月，就再也不理我了，电话不接，总是借口忙，可我知道，他就是想躲着我……"

A姑娘的眼眶已经溢满了泪水，再说下去，估计又是一场猛烈的暴风雨吧！

"我跟他提分手，他非常干脆地就答应了。可是没有了我，他还能过得比现在更好吗？"

我让她找出男友的微信，我知道以她的性格，她肯定舍不得将他拉黑。

"我很久不和他说话了。"

"你进他的朋友圈看看。"

"我已经屏蔽了，因为我不想……"

"进去看看。"

A姑娘盯着手机，不一会儿，眼泪就大颗大颗地落了下来。

果然，我猜得没错。没有了A姑娘的生活，他依然过得很好，每天聚餐，吃香的喝辣的，唱K、打台球，还有和新女朋友的甜蜜合影。

而她，此时双眼红肿，眼袋都快垂到下巴，头发凌乱，一看就是很久没有打理，连衣服都不再讲究，像套了一个大麻袋在身上，松松垮垮。和我记忆中美丽优雅的A姑娘判若两人。

因为这段爱情，她放弃了太多太多。原本前程似锦的未来，因为一个男人轻而易举地改变了自己人生的轨道。她的社交圈子几乎是封闭的，原先一大帮子掏心挖肺的朋友，因为她一次又一次的重色轻友，都早已离她远去。

她的全部生活，只有她的男友，和她那自认为坚不可摧的爱情。

"可我不懂，为什么我付出那么多却没有得到回报？"A姑娘依然困惑不已。

"因为你们从最开始就注定了不是一路人。"我说。

太多太多的女人可以与男人共苦，但无法同甘。受了伤之后，大骂男人没心没肺，见谁都是一副苦大仇深的表情。

这里面固然有男人的错，一个男人在成长到驾驭权力和财富的层面时，会面临很多不是自己能够控制的圈子，各种欲望和利益的诱惑，各种错综复杂的关系，而一旦驾驭不好，就很容易辜负女人。很多男人会信誓旦旦地保证一定不会做出辜负女人的事情，其实只是他还没有到那个层面上，反正都接触不到的东西，随便怎么说又没有任何损失。

男人有钱就变坏，绝对是一条万古不变的真理。即使他们自己不变坏，也架不住外边那些见钱眼开的女人对他们投怀送抱。关于一个成功男士因为各种外围的女人而从高处跌落的段子和新闻，到处都是。

只不过，有些男人会在道德感的约束下很好地控制自己。但一旦有了机会，除非你的男人是坐怀不乱的柳下惠，而其他的人，很少有禁得住诱惑的。

所以你哭闹，你觉得世界不公平，男人没一个好东西，女人永远是弱者，永远被伤害。

然后，你说你再也不相信爱情了。

拜托，在这个丰富多彩的世界上，你还这么年轻，才经历过多少东西，因为一个不对的人就不再相信爱情了？你之所以会有一段不幸福的感情，是你们双方造成的，关爱情什么事儿？

没有任何一个人或者一条法律规定，失恋后就应该邋里邋遢、自暴自弃。你更不要口出恶言，说要报复他，搅乱他的生活。你要真这样做了，我只能说你是个傻子。除了招来更多厌烦和恨意，你会让他更加庆幸，当初为什么没有早点甩了你。

你恰恰应该做的，是藏起伤口，拒绝脆弱，坚强向前；是要努力让自己快乐起来，要努力变得强大，变得优秀，让当初狗眼不识泰山的他追悔莫及。

这才是最有力的回击。

不要把爱情当作人生的全部，你还有家人、朋友、工作、聚会、电影、交际、未来、梦想……用文艺一点的说法，你还有"诗和远方"。这些哪一个不比爱情更持久、更有意思呢？

一次失恋而已，不要因为一个男人而毁了自己的生活，在这个世界上，爱情从来都不是生活的全部。

当你赖在床上，打开微信，等待男友的一句"早安"时，你的朋友可能已经在体育场的跑道上晨跑了好几圈。当你坐在自习室却无心读书，满脑子都是"为什么他还没有给我回短信""难道他不爱我了吗""他现在在做什么"的时候，你的同学可能已经将论文的框架构建好了。当你躺在床上辗转反侧，只因为在电话中听到他周围有嘈杂的声音便浮想联翩时，你的室友也许已经安静看完十几页的书了。

不要嫉妒别人为什么那么优秀，不要怪自己平时太懒惰，你的全部心思放在哪里，就会有什么样的回报。

也许你会说，不是所有男人都是渣男，你会遇到这个世界上最好的男人，你是这个世界的宠儿，你也会是他手心里的宝；你说你的人生目标很简单，没有什么理想与追求，只想嫁个好人家，当一个贤妻良母、家庭主妇，洒扫庭除、洗衣煮饭，过平平淡淡、现世安稳的小日子。我相信这也是很大一部分女生追求的终极目标，否则为什么有那么多人前仆后继、挤破头也要争总裁夫人的位置呢？因为她们缺乏安全感，认为这辈子只有依靠男人，依靠所谓的爱情，才能够安稳度日，无忧无虑。

可是，现实生活往往不尽如人意。当你步入婚姻生活，坐上了心心念念的总裁夫人的宝座后，面对空荡荡的大房子，做好饭菜等着男人回家。没有自己的兴趣爱好与精神世界，也失去了打理自己的热情，只是将全部心思都投入在男人身上，每天连环夺命call，生生将对方送入别人的怀抱。一个不懂得经营自己的女人，怎么经营好你们的爱情与婚姻呢？

最主要的原因是，大部分的女生都没有到达独立的地步，从小骨子里的观念就是"干得好不如嫁得好"。在学校的时候，会被说不如男生聪明，女生就不适合学理科。在工作中，会被说有些活儿天生就不适合女生干，女生的脑瓜就是不如男生灵活，她们更适合在家中相夫教子。恰恰相反，正是因为女性在社会中的地位如此重要，担负着教育下一代的重任，她们才更应该有更好的教育，更好的社会适应性，更坚强的心与顽强的意志。

不要把爱情当作生活的全部，不要把男人当作你的全世界。你要成为自己的全世界，而不是将你的全部幸福都寄托在一个男人身上。否则，只会把他压垮，而不会使他愈挫愈勇。要知道，爱情是两个人共同支撑起来的一座房子，少了哪一边的力量，都会瞬间坍塌摧毁。

在我们国家里，女性做到真正的独立还有很大一截路要走，但是现在已经有越来越多的人意识到了这个问题。从《她最后去了相亲角》这个广告短片引爆互联网之后，关于"剩女""催婚""逼婚"的话题再一次被讨论，越来越多的人加入了拒绝相亲的队伍，婚姻与家庭不再是一个女性的必由之路，更多的选择权在她们自己手上，有权利等到最好的那个人，而不是迫于压力凑合结合，这就是社会进步的体现。

当爱情不再是一个女性的全部，相信她会发现生活更多的乐趣与更广阔的世界。

愿每一个她，都能够不依靠，不依赖，热爱生活，独立，自信。

独立，从来不是做给别人看的

文/艾梦梦

昨天，群里聊天，一个网友问："你们觉得独立是什么？"

网友A说："可以一个人吃饭，一个人挨过病痛，一个人做任何事情，就是独立。"

网友B说："不把希望放在任何一个除了自己以外的人身上，就是独立。"

网友C说："经济独立才是真正的独立。"

似乎大家对这个话题很感兴趣。

网友A的观点让我想起了曾经的一个朋友，她叫程青，简直就是女权主义的象征和楷模。

她能一个人吃饭，一个人挨过水痘发作期，一个人搬家，一个人去医院，一个人拎着五十斤的书从仓库走回公司，一个人做很多很多的事情。

她的朋友们都不叫她女汉子，而是好汉。

但事实是，她并不是好汉，也不是女汉子。程青并不像别人看到的那么独立。

有一次，程青约我吃老碗鱼，我刚坐下还没有说话，她就先痛饮了一大杯啤酒，然后就开始哭："梦梦啊，你说我的命怎么那么苦呢？"

我知道她是失恋了："你先别哭，慢慢说，怎么回事？"

程青说："以前他说我不够温柔，独断专行，还自以为是，什么事都替他做了。后来我吸取了教训，不再那么独断专行，什么都听他的，他又觉得我没有思想和主见，让他很恼火。最后，他和我分手了。"

我看了一眼满脸泪痕的程青，说："大家都说你很坚强、很独立，但我觉得你这种坚强和独立都不是真的。你不清楚自己是什么样的人，需要什么样的感情，所以才找不到对的人。"

程青是打心眼里爱着对方，所以对方的任何事她都替他做了，不管是做饭、洗衣服，还是打扫房间、订票、算账、跑腿……但对方感受不到程青的心意，反而觉得程青是想控制自己。对于一个自尊心很强的男人来说，被控制是一件很痛苦的事情。

于是，程青改变了和对方的相处方式，她开始变成小鸟依人的模样，装作什么都不懂的样子，不管对方说什么，她都说好，做什么她都说对，甚至有些时候还表现得特别自卑。这样的转变并没有对她的爱情有所帮助，对方觉得程青变化太快，很虚伪，感觉在伪装，于是选择了和她分手。

程青说："他说，我一点也不够通情达理，总是无理取闹，一心想控制他、迁就他，没有自己独立的思想和生活，仿佛我活着就是为了他，他说特别不喜欢我这样。"

我问："你为什么会这样呢？"

程青说："因为我自卑！"

我说："你这不是自卑，是不独立！"

程青有些难以置信："谁说我不独立？大家都觉得我很独立，在没有他之前，我什么事不是自己一个人干的？"

"你看看你现在的表现，就知道自己是不是真的独立了。"我说，"一个真正独立的人，不会因为感情失利而什么都做不好。"

程青对爱情很忠诚，但她把爱情看得太重了，以至于发展到"对方必须在自己的世界里，自己才能做好一切事情"。

而事实是，无论你多么爱一个人，你和他都是独立的。你的信仰和注意力更多地还是应该在自己身上，而不是对方。如果你连自己都做得不够好，还怎么经营好自己的爱情呢？

一个人在没有其他人帮助的情况下，能做好很多事情不叫独立。比如程青，她已经够厉害的了，但是失恋后还是会哭得稀里哗啦，颜面扫地，伤心好长一段时间，平复周期也超长。

经济独立，也不能算是真正的独立，有好多女人能够赚钱，甚至赚钱给自己心爱的男人花，却在男人抽身而去或者变心之后痛哭流涕，要死要活，甚至不惜自残自杀，只求对方不要离开自己。

那么，真正的独立是什么呢？

当然是精神上的独立。

有爱情，心里住着一个人，固然很好。两个人有两个人的乐趣，一起看电影是欢喜，一起做顿饭也是乐趣。

失去爱情，自己一个人，也能欢喜。一个人有一个人的自由，可以专心工作，可以出去旅游，还可以和朋友逛逛街，享受单身的美好。

只是无论心里有没有一个人，你都不能把对方当作自己的精神支柱，因为只有你自己才能支撑起自己的生命，没有人有义务做你精神上的拐杖。你不是精神上的残疾人，所以你得学会自己坚强地走。

程青其实是一个挺好的姑娘，动手能力强，性格好，热情乐观，不矫情，平时同事或者朋友有难处，她也总是第一个冲上去帮忙。

可是，这样好的姑娘，却因为所谓的爱情受伤，难道错误真的都在男人身上吗？

程青帮男朋友把什么事都做了，但对方是个独立的人，并不需要这种面面俱到的照顾。她不懂自己的爱和付出已经成了对方的负担，而这其实就是一种不独立。

并不是我爱你，我为你做了很多事情，你就必须感激我，不能离开我。这不是爱，这是感情的绑架，是一种以付出为手段的索取爱的戏码。

程青后来又用阿谀奉承和表现自己软弱来获得对方的关注，这其实也是一种不独立。

一个真正自信的人，是不会靠阿谀奉承自己的伴侣和表现自己的软弱来获得对方的爱的，这样的爱，多少带着施舍感。而对方一旦施舍久了，觉得厌烦了，可能还是会抽身而退。

我告诉程青什么是精神独立："精神独立，就是没有伴侣，一个人也活得很精彩；有了伴侣，你的人生会更加美好。他于你而言，可以是锦上添花，但绝不可以是雪中送炭。"

独立，从来都不是做给别人看的。

不是别人说你独立，你就真的独立了。

不是你一个人能扛着煤气罐上五楼，你就是真的独立了。

不是你一个人能换灯泡、修马桶、修电脑，你就是真的独立了。

真正的独立，是内心的充盈，内心的强大。正因为你有了一颗强大的内心，才不会害怕风吹雨打，才不会因为一个人的离去而内心坍塌。

物质都是表面的，精神世界才是支撑一个人生命的核心力量。

爱情来了，享受两个人的时光，不要用感情绑架对方，也不要刻意讨好对方。

爱情走了，享受一个人的精彩，不要自暴自弃，也不要唉声叹气，过好自己的生活，让过往过去，让未来到来。

要永远记住你是独立的，这一点不会因为任何人的到来或者离去而改变。

不忘初心，方得始终

文/随风

最近在热播的电视剧《欢乐颂》中，樊胜美这个角色大家一定不会陌生。除去她可怜的背景之外，有人不喜欢她的势利与市侩，看不惯她恨不得用一张张的钞票丈量爱情长度的嘴脸，只要有钱，什么东西都可以拿来明码标价。当然，也有人同情樊胜美，觉得她也是为生活所迫，想要在一个寸土寸金的大城市生活，没有资本就算是柏拉图本人来了都没有用。她不是不知道什么是真善美，而是在生活的重压下，别无选择。

其实，如樊胜美一般的姑娘也不在少数，她们的工资或许不高，但追求的就是高标准的生活，这也决定了如果她们没有优渥的家世，就不得不找一个可以负担起她们挥霍的男朋友。你可以说她们拜金，却也不得不承认，这也逐渐成为一种趋势，反而成了大家都可以接受的生活方式。

前不久，我认识了一位叫湘湘的姑娘，她的老家在南方的一个小镇上，在北京上大学，毕业之后就与男朋友一起留在北京奋斗。两个人的工作都不错，月薪五千左右，这在一般的二三线城市是挺好，但是在消费水平等各方面都要领先一步的北京只能算是普通白领，扣除房租，为了能够存点钱，也只能省吃俭用，生活水准甚至都不能跟读大学的时候相比。

生活越拮据，矛盾就会越多。湘湘开始与男朋友争吵，只为一点鸡毛蒜皮的小事，时常是因为"把这五十块钱花在哪里"这种小问题，这在以前看来都不是什么问题，可是在两个人都没钱的时候，这就演变成了大问题。

有时候把人的感情冲淡的未必是什么大事，也许只是鸡毛蒜皮的小事而已。

湘湘觉得很累，因为她留在北京的目的是为了更好地发展，而不是搞得两个人都身心俱疲。湘湘长得本来就好看，在学校的时候也是校花级别的，加上自己会打扮，追求她的人从来就没少过。但是一直以来，她都抱着要跟男朋友过一辈子的想法的，她觉得他们情比金坚，但最后也没有敌过现实的一张银行卡。

追求湘湘的是一个钻石王老五，也是她所在公司的老总，三十多岁的年纪，长得不说有多帅，但是衣着打扮一看就是用钱堆起来的，如果真要说有什么不好的地方，就是他还带着一个小"拖油瓶"。这位王老五先生追求她的方式也很直接，每天固定的一捧玫瑰，时不时给她送一些她喜欢却买不起的礼物，又绅士地给两个人留有余地，仿佛无论湘湘是什么态度，他都可以接受。

湘湘是有些心动的，但是想到曾经与男朋友的海誓山盟，到底还是没有下定决心。让她真正选择跟男朋友分手的原因，是有一回王老五先生送了湘湘一款她十分心仪的机械表，她犹豫了好久，最终还是咬牙收下了，结果被眼尖的男朋友追问那是从哪儿来的。

王老五的存在当然不再是秘密。男朋友自然不乐意自己的女朋友收别的男人的礼物，尤其是这个男人还别有所图。然后又一场矛盾爆发了，湘湘指责他没用，如果他有能力的话，她又何必去收别人的东西呢？而男朋友则是怪她物质，经不住诱惑。

两个人闹了一场之后，没有像以前一样很快和好，湘湘收拾东西从小出租屋内搬了出去，然后答应了王老五先生的追求。男朋友很快后悔，过来请求湘湘原谅，咬牙保证坚持一段时间，他们很快就能过上好日子的。

可是，湘湘没有再回心转意，情分是还在的，但是跟王老五先生已经摆在她面前的美好生活比起来，她更愿意守住这份真实的生活。后来湘湘结了婚，就开始当起了全职太太。偶尔还是遇见过前任的，那时候她坐在轿车里，而前任则是奔波在风雨中。于是湘湘轻轻地转过了脸，这样的生活，才是她真正想要的，不是吗？

过了两三年，其实也腻了这种成天待在家里的生活，湘湘不由自主地回想起刚刚毕业那会儿的锐气，她斗志昂然地对她的前任，也就是当时的男朋友说，女孩不比男生差，她一定要比他还快地升职。那时候的男朋友只是宠溺地笑，鼓励她一定要加油。

再次遇见前任，是湘湘的先生带她去参加一次酒会，她的前任也在那里，身边站了一个艳光四射的姑娘，现在他们称呼他的方式，已经在姓后面加了一个"总"字，脸上的笑容也不再是敷衍。不用想也知道，前任已经混出头了。

先生带着她跟前任碰杯，两个人像是从未认识过，然后就这么擦肩而过，谁都知道，他们以后也不会有交集了。

但是湘湘的心里还是有些复杂，她忍不住想，如果她现在还跟他在一起，是不是依旧可以做自己喜欢的事情，也可以过买东西不用看价签的生活？虽然她知道这个世界上从没有后悔药，如果也只是如果，但她还是控制不住地去做这个假设。

不过想再多，也不得不面对眼前的生活。湘湘苦笑了一声："人啊，总是会因为追求这个追求那个把最初的东西丢掉，如果当初不是那么充满恶意地对他，现在也不至于面对面也只剩下一句'你好'。那时候他跪在我面前，我都没有心软；那时候他狼狈地在雨中送文件，我看见了也没有给他送过一把伞……现在，我当然要为那份虚荣买单。"

湘湘这是在回答有人问她要不要回前任的身边。生活终于让她沉淀了许多，也让她明白，不是眼前有什么就可以选择什么，选择过什么样的生活就要为那样的生活负责。她当然可以再去找前任，因为她知道前任其实是一个念旧情的人，但是谁又能保证，那就是她想要的生活呢？最重要的，还是经营好现在。

还有另外一个例子。一对夫妻，就在我住的小区附近卖早点。因为去得勤了，跟老板夫妇俩也熟识了起来，在不忙的时候就会聊一些家常。

他们来自西北部的一个小山村，很早结了婚，几年前就来大城市谋生了。因为学历不高，找不到什么体面的工作，但是他们都还挺年轻，有拼劲，打了两年的工之后，就决定借一点钱来开早点铺。刚开始只是一个小摊子，为了赶上上班族的早高峰，四五点钟就得起床和面、做包子、煮粥和做其他准备工作。

他们的手艺不错，价格又公道，半年下来就赚了一笔钱，然后就开成了正经的店铺，有一批忠实的食客。虽然累了一点，但是赚的钱不比一般白领低，甚至还要高上不少。日子就这么红红火火地过了起来，已经付了一套房子的首付，前不久还看到老板娘手上戴上了一枚刚买的钻戒。

回想起那段起早贪黑的日子，老板娘也是长长地叹了一口气："我们都知道，在大城市里，总要拼一点，拼一点才有出路，就像熬粥一样，虽然等的时间久了一点，但是好在味道足够好。"

只要熬出头了，再黑暗的日子，其实也是有光芒的。我笑着问："每天都看到你们面带笑容，好多时候我就算不开心也会被你们感染到，我还以为你们每天都能过得很好呢。"

"哪里有你想象得那么简单，现在轻松了不少，但是以前是真的困难，但是还在奋斗的路上，还没有真正输掉呢，总不能先把气势给弄没了吧？有时候我也是觉得过不下去了，可是想想我们的目标，就觉得苦中作乐也好。"

怎么会没有纠结呢？有时候，不是人选择了生活，而是生活选择了人，然后就开始了磕磕绊绊，自私一点想，恨不得一脚踹了对方去过更好的生活才好。可是终究没有做这样的决定，因为再困难的时候，也应该会有不想放弃的东西。

看着夫妻俩的笑脸，我的脑海里突然就蹦出了一句："不忘初心，方得始终。"这可不就是最好的证明吗？

无论是生活，还是爱情，恐怕没有人都永远一帆风顺。行走世间，我们不得不面对太多的诱惑与抉择，但是不管做什么选择，摆出什么脸色，都应该想想在最开始的时候，你到底想要怎样的生活，你追求的到底是什么。倘若因为一点诱惑，便将最本质的东西遗忘了，未免得不偿失。

　　其实，湘湘是后悔的，她本是想要与前任一起打拼，在毕业之前就憧憬过种种蓝图，但是现实戳破了她的公主梦。倘若那时候的她，可以理智一点，冷静下来想一想，或许会是另一种抉择，也是另一种生活。

　　我不擅长通过批判一种生活来捧高另一种生活。如果那是你的选择，不管怎么样，都没有什么不好。就像湘湘，她选择了她现在的先生，无论生活是苦还是甜，也将它好好地走了下去。像小区附近的那对夫妻，尽管生活艰辛，但是他们坚持了下来，也终于苦尽甘来。

　　我尊重每个人的选择，也尊重每个人的生活。只是希望，每个人都能够像他们一开始双手放在胸前祈祷的那样虔诚地生活，不必因为后悔而将余生沉浸在苦痛之中，不必因为懊恼而失去了更多精彩。

　　不忘初心，方得始终。请不要再用层层铠甲将你最初的善意包裹，那不是成长，只是一种钝化。你终将与这个冰冷的世界相撞，但是请相信，纵使世界不理解你的善意，也总会有人来呵护。愿你的生活，一如它开始一样精彩，我知道这中间会有苦痛，会有泪水，但是当你回首的时候，它们都在闪闪发光。

不抬起头，怎么拥抱阳光

文/随风

不知道从什么时候开始，我们的身边充满了"悲观主义者"与"批判主义者"，倒不是这些人真的对生活失去了希望，而是条件反射一般地对别人的生活指手画脚了起来，美其名曰"毒舌"，他们还对这样的态度有一套完美的说辞："每个人都要有几个虽然嘴坏但心好的朋友，及时地让他们认识到自己的错误与不足，有什么不好吗？关键是，像我们这样的人，才是真心啊。"

我也不知道从什么时候开始，"真心"这两个字就成了无往不利的武器。说实话这套说辞拿出来，谁都没法反驳，但是我见过很多"毒舌"的受害人。

L小姐是一个普普通通的姑娘，因为太普通了，有几个艳光四射的朋友的她，难免有些小自卑。有时候自卑不是一种缺陷，在年轻的时候，谁还没有羡慕过那么几个人呢？A的皮肤真好，B的家境优渥，C

的身材高挑，然后在这些对比中，逐渐完善自己。但是过分自卑，问题就出现了。

其实之前L小姐的问题也没有那么严重。她有一个关系不错的朋友，叫小绿，是高中同学，大学也在同一个城市，本身就要比别人更亲密一些。小绿是个白富美，L小姐在她身边就是绿叶一样的存在，不过小绿的为人不差，就是有个毛病，喜欢在嘴巴上刻薄人。

"唉，你这件衣服怎么挑的呀，难看死了，跟我这么久了眼光一点都没有进步，下次逛街叫上我，我帮你好好选。"这是L小姐第一次穿一件比较时髦的裙子时小绿说的话。

"你买了什么礼物？需不需要我帮你参详一下？就你那审美水平，真的让我很担心啊。"这是她们有一个共同的朋友要过生日时小绿说的话。

……

类似的事件不胜枚举。听到这些话的时候，L小姐总是很难过，但是她也不得不承认，白富美小绿的眼光要比自己高很多，以至于面对她的刻薄，也不得不强颜欢笑，做出一副无所谓的样子，而心里却难过得要命。以前她还会将自己的兴趣爱好跟小绿分享，比如她喜欢画画，喜欢绣十字绣，但是到后来，她就更喜欢自己一个人默默地欣赏自己的作品了。

L小姐的信心在逐渐被吞噬，哪怕她遇到了一个很好的男人，她也不敢更进一步。对方谦和又温文，就算不喜欢，也不会说得人无路可走。只需要一眼，她就认定了那就是她的Mr. Right，但是羞涩的L小姐只敢小心翼翼地与对方做一个再普通不过的朋友。

遇到这样的事情，就算是再内敛的姑娘，也喜欢跟自己的闺蜜说两句。L小姐的闺蜜不多，小绿可以算一个，两个人闲聊的时候，L小姐不免会提及这位R先生，她未必是需要小绿这位情场高手的指点，只是需要有一位朋友能够分享她的心情罢了。

但是小绿听了L小姐的描述之后，依旧是那副不屑一顾的模样："那根本就是一个伪君子嘛，你可千万别被他的外表骗了，这种连自己的真实感想都不敢表达的人肯定活得很憋屈，不能因为你自己不行也就找一个将就的，下次我给你介绍更好的，你也别难过了。"

L小姐只能沉默，她不认为小绿说的就是对的，但是长时间仰望小绿的姿势让她说不出什么反驳的话来。她知道小绿的眼光要比她高很多，但是对平凡的她来说，像R先生这样就已经很好了。

本来L小姐就没有那么自信，再加上好友的打击，让她对这段感情愈发不确定起来。她问我应该怎么办，我说最好的办法就是跟小绿停止来往，做你自己喜欢的事情，培养好了信心，再大大方方地出现在她面前。

她犹犹豫豫地说："其实小绿就是毒舌了一点，没有什么坏心的。"

我当然知道她是没有坏心的，事实上很多人伤害别人的时候未必怀着什么龌龊的心思，但是这也不是他们伤害到别人的护身符。"让你离她远一些不是觉得她不好，而是你们不适合当朋友，人的本性就是趋利避害，你得走出她的阴影。我知道其实你也对她的话有过不耐烦，讨厌过她的自以为是，可是你什么都不敢说。当你走出阴影了，怎么交朋友也没有问题了。"

L小姐犹豫了很久，还是没有跟小绿断绝往来，那位R先生也没有跟她在一起，等她后来有勇气说出喜欢两个字的时候，R先生告诉她：

"我也喜欢过你，但是每次想表达我的心意的时候，都会被你畏畏缩缩地躲过去，虽然我喜欢你的善良，但无法欣赏你的怯懦。"

L小姐有些后悔，但是木已成舟。她也尝试着让自己改变，却又一次次地在小绿的打击下变回原形。

后来L小姐再来求助我，我却不知道该说些什么了，她的过分善良，将她推进了一种进退维谷的境地，倘若她自己不能下定决心，外人的话语，都只是一种无用功而已。

其实L小姐也不是个例。有太多的人，在别人的流言蜚语中埋没，这些"别人"也不是别人，而是他们的朋友，他们一直维持着这样的友谊，因为他们知道，这些朋友只是习惯性地埋汰别人，以捧高自己。可知道归知道，如果说这些话对他们毫无影响，那也是不可能的。

有个好友叫珊珊，现在她时常给我画画插画，抑或是写写文章，是一个挺有名的自由职业者，有一个交往很好的男友。但是在这之前，她活得并不如意。

珊珊是英语专业的，但选这个专业也只是随大流而已，跟那些真正准备当翻译、当英语老师的人比起来，她就敷衍了很多，导致成绩也不怎么好。当然，在大学里，成绩只是衡量一个人的某种指标而已，成绩不好的人不少，但是这里面却有很多人混得风生水起。

珊珊比较特别一些，她的性格内向，如果不熟悉她的人会觉得她很高冷。她不喜欢参加社团活动、班级聚会，更多的是在宿舍里当一个安安静静的宅女。

她最喜欢的事情，还是画画，没有钱请专业老师，她就自学，看网上的免费教程，画画的工具价格昂贵，除了省吃俭用之外，她就只能找别的途径来赚钱。珊珊的文笔不错，第一时间想到的就是写稿子，当然，很多写文的人都知道，想要投一篇就中一篇的概率是很低的，更多的情况是投了很多篇石沉大海之后，才换来一封过稿信。珊珊遇到的情况也是这样，明明是她无比自信的文章，最后的结果却让人沮丧。

有时候，她会跟舍友说这些事情，然后她们就说："那就赶紧放弃吧，还不如去发传单呢，一天能有一百五，哎呀你就是太自闭了，发传单有什么不好的？写作和画画这些事情是需要天赋的，如果没有天赋的话是行不通的。"

珊珊也开始怀疑自己是否适合走这条路，毕竟跟那些有天赋的人比起来，她做得实在太差劲了。刚开始，她还觉得只要努力，就可以让她与天才之间的距离变小，但是也有人告诉她，"你这么努力的意义是让你看清楚平凡与天赋之间是有无法跨越的鸿沟。"

在各种影响之下，珊珊终于放弃了她喜欢做的事情，开始尝试变得跟其他人一样。别人去上课的时候，她也去上课。别人发传单的时候，她也去发传单。明明只是一种体力活动，但是她做起来却觉得心累无比。

难道她真的比别人蠢一点吗？珊珊开始有这样的怀疑，毕竟她比较擅长的事情比不过人家有天赋，她不擅长的事情要比别人做起来更为笨拙，甚至她都开始考虑要不要重修一次了。好在珊珊认识了她现在的男友，他告诉她："你有什么事情都可以告诉我，不用让其他人去点评，等你足够好了，别人的嘲讽，你也听不到了。"

珊珊还真的听了他的话，把自己的作品留给他一个人看，他为人绅士，就算是说出缺点也会让人感觉如沐春风，珊珊的文章和画作也在他的点评中逐渐进步。然后就开始有了好消息，稿子过了，插画用上了。

当一个人过得足够好的时候，她对那些不善的言辞就会有了抵抗力，那些说她不够优秀的人还是有的，但是她已经可以做到不被这些声音干扰，专心致志地做自己的事情，哪怕有人当面说她的坏话，她也能做到一笑置之。

"刚开始遇到他，他说喜欢我的时候，我还以为是自己听错了，我觉得他那么好的人，怎么可能会看上我这么一个一事无成的人呢？后来才懂得，如果把自己看太低的话，那我就只有那么一点高度了。别人没法给我设限，为什么我反而让自己活在禁锢中呢？"珊珊笑着告诉我。

是的，在刚开始奋斗的时候，要学会听别人的恭维，因为那时你需要别人的肯定。在获得成功的时候，要开始学会面对别人的刻薄，因为那时候你已经可以云淡风轻地面对别人的质疑了。

我不知道为什么，现在有那么多人以"不是恶意"的名义刻薄别人，我也不觉得毒舌是什么值得称道的品质。但是我们要相信自己，就算是面对毒舌，也有不会迷失的勇气。最重要的是，不抬起头，你连阳光都看不见，又怎么能拥抱阳光？

你不放手，永远不知道世界有多好

文/随风

我见过很多前任男女朋友反目成仇，曾经释放过多大的善意，分手后就成了多大的恶意，本来感情最多是一场历练，最后却演变成了一种折磨。有人说，既然我的善意被当成了不耐烦的唠叨，那为何不干脆一路走到黑，像别的姑娘一样纠缠不休？可是如果这样一路走到黑，真的就是一片渺茫了。

莉莉和她的男朋友阿时的感情持续了大约七年，他们从高中的时候就已经在一起，哪怕大学时期分隔两地，也没有让他们分开，不少朋友、同学都感到羡慕。他们度过了七年之痒，这应该算是情比金坚了吧。

但事实上，这段感情进行得没有大多数人想象得那么顺利。毕业后，虽然两个人回到同一个城市奋斗，可是大小争吵不断，很多感情都是承受不起太多争吵的，吵到最后，已经有崩盘的趋势了。

莉莉向我哭诉："以前他从来不会这样的，工作之后就越来越不耐烦了，就像故意跟我作对一样。我说周末一起去看电影吧，他说还有一个企划没有完成，我觉得我们的感情快要坚持不下去了。"

作为十多年的朋友，我知道莉莉和阿时的感情真的很好。很多人都说，异地恋长不了，但是他们依旧坚持了下来。每天煲电话粥是必不可少，为此花了不知道多少电话费与流量，当然他们心甘情愿。一到节假日的时候，他们会早早地订好特价机票，哪怕只有三天的小假期，能够见上对方一面也是好的。

莉莉的家境一般，每个月的生活费有限，为了买特价机票，她每个月都在做兼职。而且她有轻微的晕机，经济舱的位置很窄，飞机餐又让人难以下咽，每次乘飞机，都能让她虚脱一次。可是这所有的辛苦，在机场大厅看到阿时的那一刻，莉莉就觉得都有了回报。只要能够在他身边多停留一会儿，难受几个小时也是可以忍受的。

有一回，阿时因为在球场上摔倒，进了医院。莉莉闻讯马上煲了骨头汤，坐最近的班机飞过来。他的同学都羡慕，如果他们也有这么贤惠的女朋友，就是再疼也要摔伤啊，也难怪连异地恋这种困难重重的感情，他们都能坚持住。

当然，他们的感情也不是没有遇到过挑战，世界上再顺遂的感情，在异地恋面前也会产生裂痕的。

有一次莉莉得了重感冒，正好是周末，宿舍里的共四个人，回家的回家、约会的约会去了，只剩下她一个人躺在床上，因为烧糊涂了，倒热水的时候，差点把热水浇在手上，然后因为手一时不稳，直接打翻了杯子。

这个时候，别人男朋友早应该出来嘘寒问暖、端茶倒水了，可是她的男朋友，除了安慰她"多喝热水，很快就好了"和提醒她"今天吃药了吗"之外，什么都做不了。那时候，莉莉是真的难过，在被需要的时候，这种地理上的距离就显现出来了，让她瞬间清醒，这个世界上哪有什么金童玉女呢？这时她开始怀疑，这样的感情真的还要继续吗？

阿时的确很好，但是这样的好，到底跨越不了几千公里的距离。小别胜新婚很有道理，但是抵不住他们的境况是长久的分离。

就在她一边头痛欲裂，一边思考这个问题的时候，阿时再次打电话给她："我在你们宿舍楼下。"莉莉以为自己在做梦，走到阳台往下看，果然看到了风尘仆仆的他。

女孩子都是感性的，当莉莉看到突然出现的阿时时，激动得差点说不出话来。在那一瞬间，原本的犹疑与不确定统统被抛在了脑后。她想，既然有一个人能为她做到这个地步，她还有什么好矫情的呢？如果错过了这个人，她可能会后悔一辈子。

虽然阿时只留了一个晚上，他也不是什么灵丹妙药，对莉莉的重感冒于事无补。可是这件事情之后，他们本来有些裂痕的感情又迅速升温了，跟刚刚在一起时蜜里调油的时光差不多。

之后，虽然也会有意见不合的时候，但是莉莉会不由自主地想起那天阿时风尘仆仆赶来的情景。天寒地冻，他脸冻得通红出现在她面前，就为了问一句"还好吗"，她的心就忍不住软下来，也就自然而然地选择让步。

但有些事情不是只要让步就能解决的，尤其是当这种让步未必是那么心甘情愿的时候。两个人一吵架，莉莉就问阿时："为了跟你在一起，你知道我回来的时候放弃了什么吗？你怎么能这么无视我的牺牲！"鸡毛蒜皮的小事也成了无法容忍的根源，本来是两个人互让一步就能过去的坎，却成了感情上的鸿沟。一切都是因为莉莉觉得自己才是占理的那一个。

吵架越发频繁起来，阿时无力应对，终于说出了那句话："我们分手吧。"

莉莉觉得不可思议，她觉得两个人的感情并没有什么问题，怎么就突然走到了这一步。刚开始，她还以为这只是阿时的气话，她也直接摔门走了，想着过几天阿时就会跟自己道歉。但是等她彻底冷静下来了，阿时也没有来找她。莉莉终于明白，那时候阿时真的不是在说气话。

七年，就算原来的感情很平淡也早就积累起深厚的感情了，更何况莉莉属于重感情的巨蟹座，怎么接受得了这样的结局？她一直在用自己的善良与柔软来迁就阿时，而这样的结局却开始让她怀疑自己以前的包容是不是有错，难道真的要歇斯底里、纠缠不休才能够挽回一个人吗？

她去找阿时，阿时有些冷淡地告诉她："莉莉，你现在跟我在一起不是因为爱情，只是在啃回忆的老本，觉得感动，但是两个人在一起，光感动太将就了，我们都还有机会，为什么要选择这个将就的结局呢？这样对谁都不好。"

莉莉不愿意接受这个说辞，只能每天给阿时打电话，试图让他回心转意。但是一个人一旦下定了决心，别人的挽留都是非常无力的，反而只是给当事人增添烦恼而已。阿时认为自己已经把话说得足够清楚，也厌烦了莉莉的纠缠不休，直接换了手机号，顺便把所有社交工具中莉莉的账号都给拉黑了，明显是想断绝来往的意思。

莉莉一边跟我们这些朋友哭诉，一边想尽办法堵阿时，比如在他住的公寓楼下，在他公司门口。甚至她还怀疑阿时在外面有了新欢，否则，为什么连分手都做得这么毫不留情呢？没办法，之前的莉莉也不是这样性格的人，只是感情的创伤难免会让人疑神疑鬼。

她这样的做法，让阿时公司的人都知道了她这个纠缠不休的前任，有看阿时好戏的，也有同情阿时的，莉莉反倒成了那个不受欢迎的人。于是莉莉就恨道："他才是提出分手的那个渣男，为什么大家就是看不清他的真面目呢？"

我看着迅速憔悴下去的莉莉，拿一面镜子递到她面前："你还能认出自己的样子吗？不要觉得都是那个人把你害成了这样，因为最大的原因，还是你自己的改变。他抛弃你是他的不好，而你选择变成连自己都不忍直视的那个人的时候，才是真正落了下风。

"你这个样子，让我忍不住想起了那些无理取闹的黄脸婆，你曾经想过自己会这样吗？没有吧！以前跟你说起这样的事情，恐怕你会第一个嗤之以鼻。我不觉得长情是不好的事情，但是如果一段感情带给你的只有伤害，如果这段感情注定无法挽回，那么，当断则断就是最好的品质了。你知道我们都是站在你这边的，之所以劝你早点结束，是因为这样纠缠下去对你没有好处。"

"我得好好想一想。"莉莉失魂落魄地说。她不是没有感受到阿时坚决的态度，也不是没有看见他们公司前台那嘲讽且怜悯的目光，之所以这么坚持，说到底，还是不甘心而已。就像她以前想的那样，如果错过了这个人，她怕是再也遇不到更好的了。

"那时候的他很好，并不代表现在的他也能一样好，也一样适合你啊。"

也不知道是哪句话触动了她，莉莉终于停止了她与阿时之间剪不断理还乱的关系，一门心思地扑到工作上。没有人会不欣赏有本事又有干劲的年轻人，过了两年，莉莉就被提升为主管。莉莉和阿时的公司都在一个城市，偶尔也会有业务往来，莉莉代表自己的公司去参观阿时的公司时，曾经见过她的人都差点认不出了。

　　这两年，莉莉把重心放在了工作上，一直没有找新的男朋友。再见到阿时的时候，她也早已没有当初那么极端的情绪，淡淡地点了点头，两个人擦肩而过。她竟然真的做到了波澜不惊，如果说真的有什么感慨的话，大概就是物是人非吧。

　　在聚会的时候，难免会有朋友跟莉莉提起阿时的事情，听说过莉莉的疯狂行径的人纷纷给他使眼色，这不是哪壶不开提哪壶吗？但这时，莉莉总是能够宽容地笑笑："没关系，该说的时候就说，可能是因为那时候心里只有他一个人，失去了他就跟失去了全世界一样，但是哪有那么严重啊？如果我们真的在一起，或许也不是那么适合。"

　　站的位置不同，看到的风景也不同，曾经的莉莉，或许可以用"一叶障目"这个词来形容，后来幡然醒悟，终于放手。她的确还没有男朋友，但是每天都过得很开心。现在的她事业有成、前途顺遂，假期的时候去登山攀岩，追求她的男士只会比以前更多。

　　谁没有过那么几个前任？谁没有过一些不甘愿放手的时候？谁还没有怀疑过自己的善良就像真心一样错付呢？但是**亲爱的，错的从来不会是善良，而是错在对方不是那个能正确欣赏、珍惜你的善良的人，终有一天，你会找那个心疼你的柔软、爱你的善意的人。**

　　别再让感情把你弄得遍体鳞伤，别再让一个不再合适的人将你的善良蹉跎成歇斯底里，即便之前已经牺牲了很多，也不应该一错再错。你若不放手，又怎么拥抱这个世界呢？我相信你，值得拥有更好的。

最难过的时候，别忘了善待自己

文/随风

带着善意处世，总是能够收获到很多东西。请不要误会，我所说的善良，其实不只是对待他人的。有好多人，恨不得身体力行将"善良"两个字贯彻到底，可是光对别人宽容，却对自己严苛，未免不美。

有一位叫阿杰的男生，在觉得自己无路可走的时候给我打了电话。他现在是一名大四学生，大三的时候准备过考研，但是没考上。正准备去导师推荐的单位实习，老家的父母却出了状况，急需他回去照顾。就在他最狼狈的时候，谈了将近三年的女朋友却提出了分手。

"刚在一起的时候，她明明说喜欢我的一切，不会在意我的出身；但是现在，她却说，我无法给她提供想要的生活，还是应该认清现实的好。"阿杰的情绪有些失控。

如果女朋友只是在其他时间提出分手，阿杰或许会难过，但绝不会这么绝望，这个时候提出来，就像是压垮他的最后一根稻草，让他的沮丧达到了最高点，然后爆发了出来，让他意识到自己有多么失败。在这段时间里，他一味地埋怨自己，如果他可以做得更好一点，如果他能够更成功一些，是不是就不会这么凄凉了？

我静静地听完了阿杰的整个故事，对于一个沮丧到了极点的人来说，给他灌输心灵鸡汤显然是一个不明智的选择，他需要的是一个倾诉的渠道，一个释放的平台。很多事情一旦说出来，原来的积郁感就会少一些，也疏解了原来的冲动。

"谢谢您听我说了这么久废话，现在在我的出租屋内，有一把水果刀，就等我下决心了。我知道我的选择很不明智，但是我已经不知道该怎么办了，我战胜不了自己的懦弱，您可以为我指明一条路吗？"阿杰的声音在电话里有轻微失真，也显得更为无助与绝望。

我告诉他，其实我也不知道什么是正确的路，不过可以先给他讲一个故事——

在大多数人眼里，我是一个生活得比较幸福的人，每做一件事，不能说次次都能成功，但至少不会太差。甚至在聚会的时候，也会有一些朋友羡慕地看着我说："哎，我要是有你的一半运气就好了。"

但事实上，我不觉得我的生活有多么值得别人羡慕，因为有那么一段时间，我也是在泥淖中行走，满目茫然。有句话叫作"医者不自医"，我给很多人提供过建议，也帮助过不少人，但是在那段时间，我连自己都帮不了。

那时候，我已在北京工作了一段时间，毫无疑问，北京是一个生活压力很大的城市，每天恨不得拿出二十四小时来投入到工作中。这里当然有最低工资和最高工时的标准，但是很显然，你不可能真的朝九晚五地上班，不然等待你的就是被淘汰的结局。

公司安排的宿舍就在机场旁边，到深夜也能听到飞机的轰鸣声，也不知道是加班太多了形成了一个固定的生物钟，还是因为房子周围太吵了，我开始失眠。科比有一句很励志的名言："你见过洛杉矶凌晨四点的景色吗？"

我见过北京凌晨四点的景色。拉开一点窗帘，还能看到不远处一闪一闪的机场指示灯。长时间的失眠让我疲惫万分，同时也让我的脾气像个火药桶似的，一不小心就能爆炸。那时我的男友在上海工作，在我看来，这个时候能倾诉的人就是他了。我知道他的工作也很辛苦，但是一旦任性起来，我看见的就只剩下自己的委屈了。

可能在很多言情小说里面，男主角会为了女主角的一声哭泣千里迢迢赶过去见一面，信誓旦旦地告诉对方，就算你什么都不做，我也可以养你一辈子——别笑，连我自己都写过这样狗血的情节。但是生活到底还是少了一些狗血，多了一些残酷的现实。我跟他都有自己的事业，或许让他陪我一个晚上，是情调。但是每天凌晨给他打电话，那绝对是午夜凶铃般的惊吓。

他终于忍受不了我的情绪化，疲惫地说："我明天还有工作，有什么事情等白天再说，好不好？"

我像每个无理取闹的女生一样指责他："你不爱我了，对不对？以前我想吃城南的小笼包，你骑车绕半个市区去买。现在我只是想跟你说说话，你就开始不耐烦了，我以为你跟别人不一样，没想到也是一丘之貉。"

后来想想也觉得自己很可笑，但是对于每个溺水的人来说，他们只是试图抓住手中的救命稻草，根本没有心情去考虑这根救命稻草是不是情愿。

　　他是真的觉得头痛。设身处地地想，要是我遇到了这样的事情，也会很无奈的。"你别无理取闹了，好不好？以前，你也不会做这么没头没脑的事情。如果北京混不下去的话，那你就回上海啊，两个人一起肯定能解决问题。"

　　我冲他冷笑："可是你这态度，不像是解决问题的样子。如果你忍受不了的话，那我们就分手呗。"我是一个挺有野心的人，刚到北京，我就信誓旦旦地说要做出一番事业来，而不是籍籍无名地混在地铁中。我本觉得他会理解我的努力和压力，但是在那时的他看来，"第二天上班"明显要比我重要得多，或者说，是我把自己看得太过重要，于是得出了一个结论："你根本不在乎我。"

　　冷战了一段时间之后，我们就分手了。于是我又开始怨怼，没有了可以聆听我诉说难过的男友，我只能自怨自艾，甚至有点儿后悔——因为谁都知道，其实他是一个很不错的人，是我自己把局面弄成了一团糟。我一直以为自己活得很成功，其实是一个失败的副产品。

　　也就是说，我的男友在我最难过的时候，没能理解我的心情，还让我的焦虑症更加严重了。长时间的失眠与暴躁的脾气严重影响了我的工作，后来连心理医生都建议我到一个安静的小城市休养一段时间。

　　然后，我灰溜溜地离开了北京。回老家之后我没有找新的工作，努力保持写稿子的状态，告诉自己我不是那么无所事事。其实，心理医生的本意是让我好好休息一段时间，写作这种副业自然也应该停止的。但是我没有听他的建议，我在害怕，害怕自己成为一个无能的人。

于是，如果文章卡住了，我就会忍不住发脾气，甚至是摔杯子、摔键盘，感觉自己的生活像是碎掉的玻璃杯一样，遍地都是碎渣，遍地都是乱麻，我想要将它拾起来，最终的结果就是让自己满手是血。

爸爸妈妈非常担心我，他们试图劝说我放弃写作，我就反驳他们："你们什么都不懂。"发脾气之后当然会后悔，但是我当时根本控制不了。

因为我不喜欢像祥林嫂一样把自己失败的经历拿出来四处炒冷饭，除了前男友和我爸妈，很少有人知道我回了老家。一个闺蜜从我前男友那里听说了一些消息，赶紧过来看我，也加入了劝说我好好休息的行列中。

我也大约意识到了自己的问题，我不是真的那么难以放下写稿子这件事，而是因为不敢放下——之前的焦虑是源于挫败感，我担心自己再放弃写作这件事，会显得更一事无成。我向来要强，是接受不了这个答案的。

冲动了一段时间，这样浑浑噩噩地过日子，始终不是出自我的本心。想过了很多种可能，最后还是决定好好接受治疗，慢慢走出阴影。有那么一段时间，我没有工作，也不写稿子，就在老家像一个七老八十的人一样生活，直到完全康复。

以前，我也没想过会过这样的生活，但是真正放下之后才觉得，其实这样散漫的自己，也不是那么让人难以接受的。人永远不是通过某一件事情的成功来证明自己。

在休养的时候，我开始尝试宽以待人，也宽以待己。我们会失去很多东西，但一味地自责只会将这种情绪的包袱强行放在了许多爱我们的人身上，"宽以待人"的初衷也没能够达成。为什么不干脆开阔一些呢？失去的那些东西，并不只是因为我的过错，或许只是命中应无而已。

"我知道你现在很难过，很无助，恨不得让这一切早早地结束，可是如果你真的选择结束这一切，那就是真正地结束了，你连翻盘的机会都没有。可能你会因为某一个人的存在，让你觉得是雪上加霜，但既然你的情况已经是雪，再加一点清霜而已，又有什么好畏惧的呢？"好多事情，要等走过之后才会明白，原来峰回路转的时候还真的不少。

阿杰在电话那头长长地舒了一口气，像是做了某种决定："我知道了，我不会做傻事的，谢谢您。"

在一个人难过的时候，就算是对方的好意，也会被认为是嘲讽。所以最好的方式，还是等你冷静下来，再去揣摩他人的含义。阿杰说，他要等一等，等有一天他可以在前任面前笑出来，那时候他的心情一定是洒脱的，也终于学会了不怨怼。

后来阿杰没有再联系我，我不知道他过得怎么样，但是我想，无论怎么样，都要比选择那种极端的做法好很多。**经历了最让人绝望的时候，之后也应该开始走上坡路了吧。再难过的时候，也不要将全世界的责任压在自己身上，不要将自己逼得无路可走，这样，你总会找到路的。**

希望你对他人足够好，也对自己足够"善良"，别让你的善良迷失了方向。你不知道，其实善良是一种豁达，心中存着对人对己的善意，你的世界一定会很开阔。

要有玫瑰的芬芳，也要有玫瑰的尖刺

文/随风

认识一位叫阿锦的姑娘，她有一个有些俗气的名字叫"Rose"，当然起这样的英文名，不是要等一个叫杰克的年轻人，而是她想要活得像玫瑰一样漂亮，也想要有玫瑰的尖刺来保护自己。

或许用传统的角度来看，阿锦不是一个好相处的姑娘，因为她太锋利，也太咄咄逼人。与人交往，总是柔软一点的性格会比较讨人喜欢，单看她的外表，大家以为她是江南那种温柔可人的姑娘，可是她偏偏就是另外一个极端。

在大学的时候，阿锦就是学校学生会的副主席，有什么难办的事情，需要一个人出来唱白脸的时候，大家都会想到她。谁都知道，在学生会里，有一个很不好说话的主席叫阿锦，谁跟她打交道谁倒霉。当然，她给学生会带来的利益也是很明显的，毕竟一个组织总需要一个强势的存在来维护底线。只是就算大多数人都知道她是在帮忙，还是会有一些非议传出来："女孩子这么强势肯定是讨人厌的，就是大家不会在她面前说而已，真的以为自己有那么了不起吗？跟母夜叉有什么区别！"

这样的话，从阿锦在学校学生会当部长、主席，一直伴随到她工作的时候。她工作能力强，又比谁都要努力，很快就在一群初出茅庐的实习生中脱颖而出，用乘火箭一般的速度升了职。之后她带领的员工也都是最快冒头的，因为阿锦的要求比别的老师都严苛，不努力只有被辞退的结局。

但是阿锦带的新人很少会感激她，虽然表面上足够尊敬，暗地里有很多不和谐的声音："那个女人就是一个女暴君！"甚至还有人偷偷给公司高层写匿名举报信。

阿锦又不傻，这样的风声听到不少，甚至老总也会笑着请她过去喝茶，给她念念那些举报信。可是这些闲言碎语往往影响不了她的好心情，她照样能够笑容畅快地做自己想做的事。"有人说我不会做人，只是我既然有不让自己受委屈的资本，又为什么要让自己活得那么憋屈呢？他们爱举报就举报好了，只要我能为公司带来盈利一天，就一天不会被赶走。"

因为阿锦的个性太过突出，虽然有过喜欢她的男生，最后也都望而却步了。事实上，或许是因为性格使然，阿锦对待爱情的态度也没有像其他女孩那样充满了憧憬，反而有些嗤之以鼻："女孩子太相信男人是会吃亏的，这个世界上还有谁能够比自己更值得托付呢？"

没错，阿锦是一个独身主义的姑娘。这在奉行结婚生子这种传统观念的中国，显得太过特立独行，毕竟现状是很多过了二十五的姑娘就被家人当成大龄剩女，天天被逼迫着相亲，仿佛嫁不出去就是多大的罪过。

阿锦自然也知道大龄女子的悲哀，在看到一个大龄女子因催婚跳江的新闻之后，她忍不住叹气，但并没有改变自己的生活态度与生活方式。

"我以前看过一部电视剧，女主角也是大龄未婚，闺蜜因为担心她跟她谈心，她告诉她的闺蜜，其实需要靠婚姻来证明自己的女性都是一些没有足够底气的人，她们的生活不够幸福，所以只能靠婚姻来改变。只有那些穷困潦倒的人才会变成剩女，而我就算是七老八十，那也是一个优雅的老太太。我想，我以后也会成为这样优雅的老太太。"看得出，阿锦脸上的笑容绝对是发自内心的，那是她向往的生活。

阿锦也有两三个闺蜜，不过都已经有男朋友或者结婚。有一回，一个闺蜜的男朋友劈腿了，这位闺蜜瞬间变成了前任，眼睁睁地看着第三者带着前男朋友到她面前耀武扬威。

阿锦的闺蜜是一个脾气很好的人，甚至可以算得上是软弱，否则也不会跟性格强势的阿锦相处得这么好。明明别人都已经欺负到头上来了，只要有骨气一点，肯定会狠狠地骂回去，可惜她什么都做不了，只能哭着给阿锦打了电话。

接到电话的阿锦瞬间就冒了火，踩着十厘米的高跟鞋像女王一样赶到闺蜜所在的某家酒吧，然后将酒保端来的一整杯威士忌都倒在了那个男人的头上，如果不是有闺蜜拦着，估计酒杯就砸下去，那位前任也要去医院躺两天了。

在震耳欲聋的背景音乐中，阿锦气势十足地说："做事留一线，日后好相见，你们不懂吗？其实劈腿不是最可怕的，哪个渣男没有三心二意过？最可怕的是你们自以为是地认为她好欺负。谁还没有几个好朋友啊，想报复你们这种乌合之众最简单不过了。"

阿锦的声音在嘈杂的气氛中吸引了不少目光，甚至还有不嫌事大的人拍手鼓掌。在那一对目瞪口呆的表情中，她拉起闺蜜就走了。

闺蜜看到阿锦，就像看到救命稻草一样。上了车之后，眼泪就没有停过。阿锦借出自己的肩膀，嘴里却还恨铁不成钢地念叨："要是你还这么难过，刚刚就不应该拦着我拿酒杯砸人！"

闺蜜一边抽泣一边说："要是人砸坏了还是你赔啊，我这是在给你省钱，结果你还这么不体谅我。"

阿锦拿手指点她的脑袋："你傻啊你，我们又不缺钱，如果只需要赔他一笔钱就能让你痛快地打一顿，这笔账你赚大了，好不好！而且这种小矛盾，一般最后只需要双方调解赔偿就好了，如果早知道你是在给我省钱，我早就开打了。"

阿锦那郁闷的语气让闺蜜原本绝望的心情好了不少，她是真的难过，又是第一次遇到这样的事情，本来那"与人为善""息事宁人"的态度此时根本用不上，也不知道该怎么用。好在有一个性格鲜明的阿锦，她的语气或许会让人感觉不舒服，她的做事方式可能会让某些人受伤，但比起伤害自己关心的人，当然是首先选择保护这些人。

这个世界上，肯定是需要像阿锦这样的姑娘的，她们可能不够柔软，但是她们会比很多男人可靠，为你提供避风港。即便不能为别人提供避风港，能够保护好自己，凭着一腔孤勇，闯荡四方，这就足够大家敬佩了。

我不是在推崇独身主义，事实上，一向对婚姻不抱有期待的阿锦最后也走进了婚姻的殿堂，而且还是让人意想不到的闪婚。为闺蜜打抱不平的那天，她现在的丈夫就在那家酒吧里，之后就对阿锦展开了迅猛的攻势。

阿锦说："我以为我会单身一辈子，没想到这么快就结婚了，但如果是水到渠成的感情，也不会让人觉得仓促。"

她的丈夫则说："我欣赏勇敢的姑娘，就像阿锦一样，感谢她的勇敢与强势，可以让她在遇见我之前，不被其他人欺负。"

有人说女人太强势，会让男人没有成就感，造成家庭矛盾过多，但事实上，如果是真正有能力的人，又怎么可能去埋怨你的本事呢？他们只会更加欣赏，让本来就不错的感情持续升温。

在男女平等的今天，也依旧存在着很多性别上的歧视，好像姑娘们天生就是弱者，看看新闻上那些被欺侮了无处申诉只能哭泣的姑娘，你就应该明白，学会保护自己是一种多么重要的能力。生活就像险滩激流，我们永远猜不到下一次的考验在何方，但是无论什么时候，都不要让自己变成那个毫无准备、束手无策的人。

我欣赏阿锦的性格，从来不是因为她的独身主义，而是因为她的"独立主义"，哪怕她已经结婚了，她也没有放弃她的"独立主义"，她知道自己想要过什么样的生活，而她的态度，也足以应付瞬息万变的生活。在遇到她的丈夫之前，阿锦可以过得很精彩，在遇到她的丈夫之后，她照样可以过得很幸福。

亲爱的姑娘，你可以柔软，但千万不要柔弱。柔软会成为你的性格，但是柔弱却会成为你的软肋。你可以期待美好的爱情到来，但是

不要将爱情做你生活唯一的支点。你看，你那么好，明明可以过得更加丰富多彩一些，为什么一定要将自己束缚在一个不知道前途的小盒子里呢?

愿你披荆斩棘，愿你修成正果

文/随风

　　木头是我的高中同学，是千万个普普通通的高中男生中的一个，长相普通，成绩普通，性格木讷，才会被叫作木头。但是他的同桌梧桐却一点都不普通，成绩在年级数一数二，长得漂亮，虽然性格冷淡了一点，但一点都不妨碍男生们将她奉为女神。

　　有点儿像那老套的青春剧，木头喜欢梧桐，正是荷尔蒙躁动的时期，那么优秀的女孩，有几个男生会不喜欢呢？跟别人喜欢梧桐的外表与优秀不一样，作为梧桐的同桌，他知道她是一个面冷心热的人，那些背不下来的单词，她会讲解背诵技巧；那些解不开的物理题，她会帮忙找一个套路，打开解题思路。可木头的成绩还没有提高多少，就把整个人都绕进去了。

　　木头虽然木讷，但对梧桐的确是掏出了一颗真心。在男生们纷纷把钱省下来去网吧的时候，他把钱都用来早晨给梧桐买牛奶；在男生们每天放学后在操场上打球耍帅的时候，他会安静地骑车跟在梧桐的身后，直到她安全到家。

木头是有机会的，在那时的女生普遍希望自己的另一半是踏着七彩祥云来的盖世英雄时，梧桐期待的是那种安定到可以相濡以沫的感情。所以，对于不会写情书、不会花言巧语的木头，其实梧桐也是心动的。但是她对木头说："我准备以后去北京，你呢？"

"那我也去北京。"那一瞬间，木头欣喜若狂，以为梧桐已经答应了。

而事实上，梧桐只是愿意给他这个机会而已："我会去北京最好的学校，你呢？我愿意当一个势利的人，但是我不希望以后我说拜伦说拉格朗日的时候，你想到的只会是挖掘机或者是技术，那样相差太大了，就算原来有感情，也经不起那么多的蹉跎。"

木头再傻也不会不明白她的意思，如果无法变得跟她一样优秀的话，他们就没有可能在一起。"变得优秀"，说起来轻巧，但是从人和人之间的区别来说，有时候简简单单的两个字，可能是有些人终其一生都无法达到的层次。而很显然，木头也没有那个天分，不然老师也不会天天念叨："你怎么不开窍呢。"

他可以不在意成绩，不在意别人的目光，但是不可能不在乎梧桐的看法。或许木头想过很多次，要成为学霸，但是这绝对会是他人生中最认真的一次。他的努力不只是体现在购买市场上那些不知道效果如何的补脑药品，每天沉浸在题海中，比别人早起半个小时背单词，在教学楼关门的时候最后一个离开。

别小看这多出来的零碎的几个小时，我们那个中学本身任务就重，大家都恨不得抓紧时间好好休息一下。而且对于成绩不是很好的人来说，多看一眼课本都是一种折磨。或许刚开始有不少跟木头一样努力的人，但是坚持到最后的只有几个学霸。

但是木头坚持下来了，在多数人都不看好他的情况下，刚开始的时候，还有朋友笑着说："还有几天恢复正常啊？"到了后来，他周考月考的成绩排名已经逐渐上升，终于没有人小看他的决心了。

我们学校在全市的教学水平属于一流，这也说明了一个问题：这里学霸云集。刚开始木头的努力是能够被看见的，从在红榜上找不到位置到他的名次排在末尾，再到慢慢往上爬；但是到了后期，想要在一众学霸中拼杀出一条血路来实在太困难了。你努力，别人也在努力，再加上木头的天分并不是最好的，所以更是难上加难。

有那么一段时间，大家以为木头要选择放弃了，因为他实在太难过太绝望了，努力得不到回报会磨灭人的意志和锐气的。他忍不住回到过去的生活中，那时候他不努力，至少过得很舒服。

直到有一天，木头又翘课躲到了操场上，梧桐站在他面前，冷淡地问："现在你就要放弃了吗？"原来所有的深情，都敌不过现实的一把铡刀。她失望地看了他一眼，决绝地转身离开。

那一天，木头一个人在操场的草坪上躺了很久，空旷的操场上回旋着一阵阵风，扑面而来就是满脸的茫然。他一个人思考了一个下午，然后站起来重新一门心思地扎进了学习中。他知道他的短处在哪儿，他也知道，可能他再怎么努力，都比不上那些有天分的人临时抱一会儿佛脚，但是不试试就放弃，实在是不甘心。

每个后来者居上的人都知道，在追赶的过程中，是会有一个瓶颈的，想要跨过它很难，需要很久的厚积薄发，很多人退却了，也有人选择了坚持，然后敲开了这扇叫作瓶颈的大门。一旦跨过，你会发现前路顺遂，一片坦途。

木头成功地跨了过去，成为老师眼中的好学生之一，那一袋袋咖啡、一张张A4纸都在证明走到今天他有多么不容易。高考结束，他也成功地跟梧桐一起去了首都，上的都是全国数一数二的名校。

　　毕业晚会的时候木头喝醉了，抱着话筒在哭："我觉得这是我这辈子最努力的时候了，真的，以后也未必会这么拼命地跟一个英语单词较劲，未必会为了一个圆锥曲线把该知道的不该知道的统统都做一遍。还好，就算天道不酬勤，我也酬了我自己。"高三生涯的痛苦，想来很多人都能够感同身受，但是他的努力，要比一般高三学生更深刻。

　　而就在不久之前，我刚刚参加完两个人的婚礼，木头虽然呆，但是穿上西装与梧桐很配，郎才女貌，不外乎如此。

　　所有门不当户不对的爱情悲剧能够让观众落泪伤悲，比如《梁山伯与祝英台》，比如《罗密欧与朱丽叶》，但是再怎么刻骨铭心，都不如一个圆满的结局更让人长欢喜。

　　我不是在讲封建的门第之见，只是觉得打败两个人感情的，可能不是门第的差别，而是两个人在心灵上的距离。这个世界上当然会有能够超越一切的爱情，但是不可否认的是，如果没有了最初的悸动，又靠什么来维护这样的感情呢？

　　就像木头与梧桐，如果那时候木头没有拼命，梧桐去了顶尖的学校，而木头只能留在三流的院校中，就算以后有人提起他们俩，也只会说，那是木头走了狗屎运，那是梧桐识人不清。但是现在大家只会说，他们的爱情真是登对。

　　之所以谈到木头，是因为前两天有个姑娘来找我，说在这个冷漠的社会里，她是愿意相信爱情的，但是为什么没有一个王子带着她的水晶鞋来找她呢？

我相信心里有坚持的姑娘都特别美好善良，因为她们的心中还有一块纯净的乐园，但是仅仅靠等待，我们永远都不会知道接下来这位是白马王子还是唐僧，我们也无从知道接下来这位是不是对的人。当人生荒废在暗无天日的等待中时，人啊，总是会慢慢开始了怨念：为什么对方还没有出现呢？为什么我的人生会这么不幸呢？

单纯的等待，往往会消磨了最初的美好，直到有一天，当你揽镜自照，才发现不知何时青春已逝，挡不住容销金镜花辞树。

不要执念于成为公主，要当自己的女王。那时候，你不需要卑躬屈膝地面对你的王子，也不需要被别人指责那是你的幻念。那时候，如果王子到来，你可以微笑以对，就算没有来，你也无须狼狈。

其实不仅仅是来找我的姑娘，我知道这个世界上有很多的人和她一样，抱着美好的期望等待另一半的到来。或者说，又有哪个人没有期待过获得一个闪闪发光的人的青睐呢？从"霸道总裁爱上我"再到"我的帅气明星"，你等待着那些站在舞台上、光环中的人垂青，但是你站在一个不起眼的角落里，让别人如何看见你呢？或者你永远只能像一个脑残粉一样，将喜欢藏在心里，然后在见到偶像的那一瞬间激动地差点晕厥过去。

"霸道总裁爱上我"是有的，大明星与圈外人恋爱是有的，但是毫无例外，这些在外人看来的童话故事，其实是努力奋斗之后的门当户对，而不是大多数人幻想中的"高攀"，你是很好，但是我也不差。

我相信你有变得更好的潜质，但是在你没有发光之前，最可能的结果就是错过。**不要停留在原地等待救赎，你要往前走，让自己变得更好，同时也遇到更好的人。**当你完成了这个蜕变，可以不卑不亢地站在他面前，脸上带着淑女般的笑容说："嗨，好久不见。"

这个世界上有很多东西都是固定的，比如规则，比如偏见，比如身世，但也希望你能不被这些约定俗成束缚住，不要活在单纯的公主梦中，而是选择靠自己的力量去改变。你若不变得更好，怎么配得上对方？

希望你手握坚定的利剑披荆斩棘，当然会有风雨，但是你已经不需要期待别人手中的雨衣，也愿你修成正果，无论是否天道酬勤，你都未曾辜负。

愿你在风雨里，等到自己的彩虹

文/随风

琦琦是我见过的最好的姑娘，为人大方得体，知书达理，大概就是所谓新时代女性的代表了。但是先别羡慕，也许是勇敢的人更容易遇到荆棘，善良的人更容易受到欺骗，细数她的经历，其实让人很难升起羡慕的情绪来。

很多人都说，大城市里的人都带着一丝独有的冷漠，待人处事的防备心很重。但琦琦不一样，哪怕她的确出生在一线城市，在这个城市生活了二十多年，你还是能够从她的态度中找到单纯得不带一点矫饰的热情。

她有过几任男朋友，最后都因各种原因分手，每次琦琦都会很难过，伤心落泪，喝酒买醉，但是最后竟然奇怪地跟这些前任们成了朋友。

"这也是没有办法的事情，每个人都有自己的苦衷，我也没有办法勉强谁走到最后。"失恋期过去之后，琦琦很快振作起来，脸上还有那么一丝如释重负的笑容。

作为朋友，我忍不住数落她："你啊，就是太会为人着想了，自私一点讲，作为一个女孩子，不懂事一点儿反而是好的，任性一点儿反而会得到包容，谁不希望自己是被包容的那一方呢？你太好说话，会显得好欺负。"

有些话我没有说，感情就像是双方的博弈，如果到最后走不下去了，少付出的那一方，总会少受一点伤，而琦琦这个傻姑娘，很明显在每次的感情中都恨不得倾尽所有。虽然爱得用力一些，在热恋期时的甜蜜会浓烈一些，但相对地，感情结束之后的痛苦就会更深一些。

琦琦只是调皮地眨了眨眼睛："我才不是好欺负呢，我自己心里有数。"

然后琦琦很快又交了一个新的男朋友，约我一起吃饭的时候就说起了这次听起来非常罗曼蒂克的邂逅，这一任，就顺琦琦的说法叫他雷先生吧。

琦琦住的小区时常会有流浪猫在乱窜，她虽然不养猫，但也挺同情这些无家可归的猫咪，有时间就会给它们买一些面包充饥，到后来这些流浪猫看到她都不跑了。有一天晚上，她加班回来，顺手买了一袋面包准备喂猫，结果发现它们都没聚拢过来，而是围在一个男人的腿边，他那里除了常见的面包之外还有几根剥好的香肠。

琦琦因为流浪猫们"见利忘义"的行为很是气闷，却无可奈何，正要离开，没想到对方先笑了："你也是来喂猫吗？我经常看到你，现在像你这么有爱心的女孩很少了，我也只是偶尔来一次，就算给它们加餐吧。"

对方很懂说话的技巧，再加上本身有几分帅气，琦琦心里原有的一点郁闷之气也就散去了，反而对他有了不错的印象。两个人自然而然地攀谈起来，等离开的时候，已经交换了微信号。

雷先生是一位画家，接触两次之后，双方都有了好感，而雷先生则是直接对琦琦发起了追求。也不知道是不是每位玩艺术的人都能够将"情调"两个字掌握得炉火纯青，至少这位雷先生就将女孩子的喜好拿捏得恰到好处。不仅仅是简单的烛光晚餐，也不是单纯地买礼物，而是真正把人放在心上。比如逛街的时候，大多数男士都会不耐烦，或者敷衍地评价，但雷先生却能够用他本来不俗的审美帮忙一起搭配，而从他嘴里冒出来的溢美之词，显然不是其他男人可以媲美的。

这样的男人，让琦琦那颗本来就摇摇欲坠的芳心更加守不住了。看到她那副面带桃花的笑容，我就知道她一定是陷进去了。

我个人一直觉得玩艺术的男人太多情太不靠谱，而且工作又不稳定，在一线城市里，时常会有被淘汰的风险。但是看琦琦的状态，就算这个时候我将那个雷先生贬到尘埃里，她也愿意在尘埃里开出一朵花来。于是我没有多劝，只是让她多长个心眼儿，不要到时候被人卖了还给人数钱。

可是，这段有着罗曼蒂克的开头的感情，到底没能够按照这样的基调发展下去。

当琦琦找我借钱的时候，我就感觉到不对劲了。琦琦在一家绩效不错的公司工作，虽然已经从家里搬了出来，每个月要付房贷，但是不出意外每个月都能余下一笔钱，她的生活算是规律，突然找人借钱，一定是发生了什么急事。

在我的追问之下，琦琦终于兴致不高地说出了原因："雷先生的妈妈生病了，你先借我一点钱，我很快就会还你的。老朋友，你放心。"

但是我到底是放心不下，对这位神龙见首不见尾的雷先生怀疑了起来："我本来不该说这样的话的，但是你不觉得这样的剧情有点儿眼熟吗？"

"什么剧情？"

"就是假扮你的男朋友然后把你骗得倾家荡产呀。"我越想越觉得可能，"而且他肯定不是自己跟你开的这个口，而是故意装作很为难的样子，故意被你发现，然后你上赶着给人家送钱了。"这样的桥段，已经被不少长得还算不错的诈骗犯们用滥了。

琦琦底气不足地说："你别这样说，我去看了阿姨，她真的生病住院了，这里医疗水平高，但是消费也高，我总不能见死不救吧。而且雷先生也说了，等他下一本插画的稿费到了就会还我的。"

我有些恨铁不成钢地看着她，这么说来，我的猜测也没错了。而且说得好听一点是下一本，可是所谓的"下一本"又是什么时候呢？如果诚心想骗，这些借口自然方便得很。可是被爱情迷了眼睛的琦琦显然是看不见这样的隐患的，或许她也不是没想到过这样的可能，但是她会努力把这种猜测丢到脑后。

当琦琦再来找我的时候，整个人都瘦了一圈："他已经离开三天了。"这三天之内，都没有任何联系。

花了不少钱之后，雷先生的妈妈身体有所好转，雷先生就准备把她转回老家的医院里，大城市的开销实在是吃不住。雷先生是亲自送他妈妈离开的，离开之前还特地留下了近一万块钱，说他一定会回来的，钱也会慢慢还。

当然这点钱对于琦琦借他的十来万只是杯水车薪，但至少表明了他的诚意，没想到他走了之后，就真的不见了。电话，当然是打不通的；去问这里的房东，对方说雷先生走之前就已经退租了。而之前琦琦也从来没有想到过会发生这样的事情，从来没有问过他老家的地址，想要查到消失在人海中的人，根本无从下手。

"他真的不见了……他真的不见了……为什么会这样……"琦琦靠在我的肩膀上，直到现在，整个人都是蒙的。她满心以为，两个人一起经历困难之后感情会变得更深，而最困难的时候已经过去了，生活理应变得更好才是。但是很显然，对方只是想让她一个人背负起困难，而自己走出阴霾。

其实琦琦在意的也不是那么十来万元钱，否则当时就不会那么痛快地给出去了，如果不是在乎雷先生的自尊，她或许会直接将"借"这个词去掉。她在乎的是自己付出的是真心，没想到却被对方当成了可以利用的工具，在这之前，琦琦一直以为自己这次遇到的就是Mr. Right，还着手准备起了婚礼的事情。可惜她虽然是朱丽叶，但是这位雷先生并不怎么愿意当她的罗密欧。

发生这样的事情，我也不知道该怎么安慰她，只能说："下次可一定要吸取教训，你不是'包子'的话，别人想欺负都没辙。"不指望她能够在瞬间改变，但也总要逐渐成长。

雷先生的事情的确让她失魂落魄了好几天，甚至专门请假出去旅行了一趟。回来之后琦琦已经开朗了不少，就算有阴影，至少也不是走不出的黑夜了。我在列举负心汉的时候提起雷先生，她还帮忙打抱不平："他的条件不是很好，其实这么做也是情有可原吧，就让这件事过去吧。"

不少人受了这样的伤害，恐怕会有很长一段时间对爱情婚姻有那么一点恐惧，但是看她的样子，好像又已经原谅了过去。几个月后，琦琦又在我面前讲述她最新一段感情了，不过这次对方不是英俊多金的高富帅，也不是温柔体贴的画家，只是一个普普通通的工科男而已。

他们的感情进展缓慢，有点儿不温不火的意思，不过琦琦脸上的幸福也不是假的。再后来，那就是真的谈婚论嫁了。

收到订婚请柬的时候，我打趣她："人生果然如此，不经历过几个渣男，哪有幸福的婚姻呢？"

琦琦也笑了起来："其实也算不上是什么渣男，你看我的前任们每个都包了大红包哦。"

她眼里有一言难尽的意味，我也听说了，那位失踪已久的雷先生给她寄来了一个大红包，里面正好是欠她的钱，以及一句抱歉。或许那时候他的压力真的太大了，身上的债让他不得已走了一条他最不愿意走的路，但是等他有了钱，这种愧疚自然而然地不断发酵，就会想要补偿。毕竟这个世界上的职业骗子还是没有那么多的，没有人敢用自己的感情做赌注。

原来当时的琦琦也不是看错了人，只是遇错了时机。还好，还好，她没有因为受伤而改变，也终于等到了合适的人。

琦琦的先生温柔地说："我爱她，爱她独一无二的善良，有人曾经用这个伤害她，那是因为他们有眼无珠，而真正懂她的人，一定会好好珍惜她的这份性情的。"

是的，我发现我错了，其实懂事的姑娘不必学着矫情，虽然她们可能注定要多承受一些不公平的待遇，但是心中花朵盛放的姑娘们，她们身上会散发自然而然的芬芳，吸引着真正的绅士。

亲爱的，也希望你不要放弃，哪怕是在风雨如晦里，也能等到属于你的彩虹。